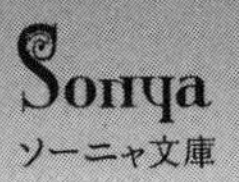

前前前世から
私の命を狙っていた
ストーカー王子が、
なぜか今世で溺愛してきます。

あさぎ千夜春

イースト・プレス

contents

プロローグ

（私はもう、駄目かもしれない）

街道を彩るランタンの灯りが、小さな窓を通して床に色とりどりの模様を描いている。

壁の向こうからは建国を祝う人々の歌声や弦楽器の音色が聞こえてきた。王都から離れた小さな村でも賑(にぎ)わいは熱狂的らしい。

日銭を稼ぐために集まった、大道芸人が奏でるテンポのいい旋律に、身分の分け隔てなく踊り狂う男女。はやし立てる手拍子に踵(かかと)を鳴らす激しいダンス。

髪に白薔薇を飾った女性に向けられる男たちの熱っぽい眼差し、そして口笛。

明日のことはわからない。だがこの一瞬の熱狂に身をゆだねたい。彼らは今宵一夜の、刹那(せつな)的な恋の相手を探している。

ガラス窓一枚向こうの喧騒(けんそう)は、まるで遠い国の出来事のように、アシュリーの耳の奥で響いていた。

「僕の心は……あの日からずっと置いてけぼりのまま……凍り付いているんだろう」

アシュリーを粗末なベッドに押し倒したヴィクトル・ユーゴ・レッドクレイヴは、極上のルビーをはめ込んだような深紅の瞳を輝かせながら、切なそうにささやく。

彼の声はこんな時でも甘く澄んでいて、人の心を撫でつけるようなそんな魅力があった。

「ま、待って……ヴィクトル……」

「いいや。もう待たない。君がどれだけ僕を拒んだとしても、僕は君を手に入れる」

アシュリーに馬乗りになったまま、右の手袋のつま先を噛み、引っ張って外したそれを床に落とす。どんな時も染みひとつなかった白い手袋は、今は禍々しい様相で赤黒く染まっていた。

鮮血はこの麗しい王子のものではない。アシュリーを襲った暴漢が流したものだ。男たちの悲鳴や骨が砕ける音は、助けられた今でもまだアシュリーの耳の奥にこびりついている。

ヴィクトルはなぜか暴漢をひとりひとり、丹念に拳で殴りつけていた。

彼がなぜそんなことをしたのかわからない。だが相手の命をすりつぶすかのような野蛮な振舞いに、次は自分の番だと凍り付くような恐怖を覚えた。

それは圧倒的な暴力に対する本能からくる怯えだ。

ヴィクトルの技量なら、もっと簡単に彼らを追い払うことができたはずだ。わざわざ半殺しの目にあわせなくてもよかった。

果たして彼らの命はまだあるのか。生きているのだろうか。

自分の身よりも、暴漢のことが気になってしまう。そんな自分がおかしい。恐怖で頭のねじが緩んでしまっているのかもしれない。

「ヴィクトル……」

アシュリーがおそるおそる名前を呼ぶと、彼は黄金色の、少し長めの前髪を手のひらでかき上げながら、後ろに撫でつける。

白い手袋を外したその右手の甲には複雑な紋章が浮き上がっていた。

おそらく彼の魔力の根源が、目に見える形となって現れているのだろう。その凄まじい魔力に、アシュリーの体は痺れたように動けなくなる。

「僕はもう覚悟を決めたよ。たとえ君を壊してでも、逃がすわけにはいかない」

そう言う彼の目は息をのむほど冷たく見えた。

はらり、はらりと、染みひとつない真珠色の肌にこぼれおちる金色の前髪。情念を燃やしながらも、吐く息を凍らせるような、底が見えない深紅の瞳。

麗しい王子の裏の一面に怯えながらも、その美貌から目が逸らせない。

彼がアシュリーを助けてくれなかったら、今ごろアシュリーは暴漢に犯されていた。

だがこれから自分の身に起こることを考えれば、いっそ暴漢の手にかかったほうがマシだったのではないか。

(怖い……)

ひしひしと押し寄せてくる絶望感に全身が震える。

必死に恐怖を紛らわせようと深呼吸をしたが、彼の魔力が凄まじくうまく息すら吸えない。

思考は回らず、魔術の詠唱もできない。恐怖がアシュリーを縛りつける。

(本当にもう……駄目なんだ)

やはりこうなった。運命は変えられなかった。

こうならないために自分は士官学校に入学したはずなのに。

「やっ、やめてっ……!」

アシュリーの虹色の瞳に、じんわりと涙が浮かぶ。大声を上げ泣き叫びたい気持ちを必死で抑えながら首を振った。

「ねぇ、お願い、もう、やめてっ……!」

この期に及んでアシュリーができることと言えば、シンプルな命乞いだけだった。

ヴィクトル・ユーゴ・レッドクレイヴ。

誰が見ても完璧な王子様のはずなのに、なぜ、なぜこんなことを?

幼いころから神童と呼ばれ、遊学先の帝国では多くの美姫（びき）から言い寄られ、また王国に戻る時には沿道に見送りの帝国市民が何万人も集まったという。

誰もが彼を愛するのに、なぜ彼は自分に執着するのだ。

どうして、殺さずにはいられない？

アシュリーには死の記憶がある。

生まれかわるたびに同じ男――目の前にいる麗しい青年の手にかけられて死んだ。

そしてこの四度目の人生では、約十年前に前世を思い出していた。

最初はたちの悪い夢だと思っていたが、繰り返される記憶はアシュリーに教えてくれた。

次こそは諦めるな。死の記憶から学べ。四度目の人生こそ、なにがなんでも――石にしがみついてでも生き抜けと。

（だから必死に頑張ってきたのに……）

全身から血の気が引いて、握りしめた指には感覚がなかった。

ぎゅっと目を閉じると同時に、目の端から涙が溢れてこめかみを伝い、耳の中に落ちてゆく。

今回はどうやって殺されるのだろう。いっそ死んだほうがマシだと思うような形で犯されて、それから死ぬのだろうか。

「やめるものか……絶対にもう諦めない。アシュリー……。僕の、運命の女（ひと）」

ヴィクトルの冷たい指先が、固く閉じられたアシュリーの瞼の上をなぞる。

「目を開けてくれ。僕を……僕だけを見てほしい」

彼の指は、かすかに震えていた。

強引にこじ開けられる気配を感じて、アシュリーは震えながら瞼を持ち上げ、貴公子の仮面の下に獣欲を隠していた男の顔を、おそるおそる見上げる。

「愛しているんだ。気が狂いそうなくらい、ずっとずっと、君を……愛している」

開ききった深紅の瞳孔は、アシュリーに竜を思い起こさせた。

彼の声は、目は、激しく燃えながらアシュリーを求めている。

竜は激しい独占欲を持つと言われている。一度自分のものだと決めたら、それを決して他人に渡すことはできない。

もし万が一奪われることがあったら、命をかけて奪い返そうとするのだと――。

一章　「最悪の出会い」

かつて竜と巨人から産み落とされたとされる大陸ヒアローは、今は神から魔法を授かった『人間の世界』である。

そして大陸の南方に広がる大国レッドクレイヴの、王都から少し離れた士官学校の敷地内に併設された講堂には、士官学校に入学する生徒が百人とその保護者が参列し、雛段(ひなだん)の上で新入生代表の挨拶をする少女を、それぞれの思惑を秘めた眼差しで見つめていた。

「竜と巨人から生まれし偉大なるヒアローに春の息吹を感じる今日、私たちはレッドクレイヴ士官学校に入学いたします。無事この日を迎えられましたこと、新入生を代表してお礼申し上げます」

知性と愛らしさを同居させた軽やかな声が、広い講堂に涼しげに響く中、ひとりの夫人が隣に座っている夫に顔を近づけささやいた。

「彼女がかの有名なアシュリー・リリーローズ・ガラティア嬢？」

「ああ、そうだよ」

妻の問いに、下級貴族である夫がわけ知り顔にうなずく。

「十八歳の若さながら、王都の魔導学院を飛び級で卒業し士官学校に首席で入学。百年にひとりの才媛と呼ばれているらしい」

「まぁっ。本物をこの目で見られるなんて、次の茶会でお友達に自慢できるわねっ」

夫人は妖精のように美しい少女にうっとりと目を細め、口元を鳥の羽根がたっぷりとあしらわれた扇子で押さえながら感嘆のため息をつく。

「噂が独り歩きしていると思っていたけれど、本当に美しいわ。まるで陶器でできたお人形のようじゃないの」

夫人の目は、士官学校にコネでねじ込んだ愛息子よりも、壇上のアシュリーに釘づけになっている。それもそのはず、美貌の男爵令嬢は貴族たちの間でちょっとした有名人なのだ。

「収穫祭には貴族や大商家の子弟から大量の白薔薇が届くというのに、彼女は誰からの白薔薇も髪に飾らないんですって」

初秋に行われる収穫祭では、男性は意中の女性に白薔薇を贈りダンスを申し込む。

かつて大陸の覇者だった赤竜が、とある女神に求婚した際に白薔薇を贈ったというのが由来で、この十日ばかりの期間は老いも若きも身分すら関係なく、国中が祭りに熱狂するのだ。

　ちなみに贈られた白薔薇で冠を作り自分の髪を飾れば、ダンスのパートナーになるという承諾になるのだが、アシュリーは生まれてこのかた一度も、白薔薇を髪に飾ったことはない。

　そんな彼女についたあだ名が『ヒアローの白薔薇』だ。

　半分は男たちを真顔で袖にし続けることへの揶揄（やゆ）だが、同時にアシュリーが薔薇と呼ばれるにふさわしい美貌を持っていることも示している。

　両手で包み込めそうなくらい小さく白い顔には、びっしりとはえた長いまつ毛に囲まれた虹色の美しい瞳がはめ込まれており、鼻筋は細く高く、小さな唇はなにも塗っていないのに熟れた果実のように赤い。

　艶やかな黒髪は葡萄の蔓（つる）のように細やかなウェーブで、黒地に金の縁どりが美しい軍服を模した学生服の腰までふんわりと広がっている。スカートは膝（ひざ）丈の重たいプリーツで、合わせたアンクルブーツの踵（ヒール）は高いが、背筋はぴんと伸びており、遠目で見た立ち姿でも周囲とは一線を画した迫力がある。

　士官学校の正式な制服は軍服に由来し、ドレスのように女性としての美しさを前面に押し出しているわけではない。けれどお堅い制服の下に魅力的な体が隠されていると想像するのは難しくない。決してグラマラスではないが、十八という年齢が醸し出す妖精のような雰囲気を、アシュリーは身にまとっていた。

頭脳明晰で容姿端麗。思慮深く慎み深い男爵令嬢、それがアシュリー・リリーローズ・ガラティアなのである。

だがそれほど貴族たちの注目を浴びながらも、アシュリーは社交界デビューすら拒否し、ひたすら勉学の道に励んだ。貴族が毎週のように開催しているお茶会や舞踏会にも、王家主催の晩さん会ですら一度も顔を出したことがない。

竜と巨人の襲来に怯え、逃げ回ることしかできなかった五百年前ならいざ知らず、神から魔術という対抗手段を授かった人類は、たちまち地上の覇者となった。

国境付近での小競り合いは稀にあるとしても、国同士で大きな戦争を起こすような時代ではない。軍人になるための士官学校に入るのは、同じように親が軍に所属している子息くらいだが、アシュリーはそうではない。父は田舎の領主で母は帝国の子爵令嬢だ。

目を見張るほどの美少女で才媛と名高い彼女が、なぜ社交界に見向きもせず、しなくてもいいことをしているのか。どうして士官学校を目指したのか誰も知らない。

そんなアシュリーのミステリアスな部分が、暇を持て余す貴族たちの好奇心を日々煽っている。

「そういえばアシュリー嬢は養子らしいな。十八年前、男爵が領地内で赤子だった彼女を保護したのだとか」

「あれほどの美貌と頭脳ですもの。やんごとなき姫君と枢機卿のご落胤というのがもっぱらの噂よ」

「ガラティア家は、男爵といえども国王から直接封土を授かった歴史ある名家だからな。その線はありうる」

「あの子なら持参金も必要ないでしょうね。むしろこちらが払う側かも」

「少なくとも上位貴族でないと無理だろう。うちの息子も、学生のうちにお近づきになれたらいいんだが……」

　彼らのおしゃべりはいつまでも続く。アシュリーが望む望まないにかかわらず、誰もが彼女の『使い道』を考える。それほどの価値があると思わされる魅力的な存在なのだ。

「いったい誰が、あの娘を手に入れるんでしょうね」

　夫婦は自分たちの平凡な息子では難しかろうと、重いため息を漏らしたのだった。


「――伝統あるレッドクレイヴ士官学校の生徒として、級友たちと切磋琢磨いたします。以上をもちまして、新入生代表の挨拶とさせていただきます。アシュリー・リリーローズ・ガラティア」

　退屈な挨拶を終えたアシュリーは、深々と壇上の校長に一礼し、それからくるりと踵を返して保護者席に頭を下げる。拍手が鳴り響く中、アシュリーは自分が所属するクラスの席に戻り、腰を下ろした。

（はぁ……疲れた）

心の中では盛大にため息をついているが、気は抜けなかった。

こうやっていても、真顔で正面を見据えているアシュリーの耳に、どこからともなくささやき声が届く。

「あの子が『ヒアローの白薔薇』？」

「そうそう。つい先日も侯爵（こうしゃく）家主催の招待状を、読まずに捨てたって噂の……」

「ま、強烈ねぇ」

「白薔薇なんて呼ばれて、鼻に掛けてるんでしょう」

「ちょっとばかり成績が優秀だからって、なんになるのかしら。夫より賢（さか）しい女なんて嫌われるだけよ」

ひそひそと忍んではいるが、本気で声を抑えてはいない。アシュリーに聞こえてもいいと思っているのだろう。

（まぁ、他人と交流してこなかった私は、舐められて当然の存在ってことよね）

アシュリーは誰にも気づかれないように小さくため息をつく。

士官学校ともなれば、ほとんどが貴族出身で顔見知りばかり。幼いころから社交界的なイベントからはいっさい距離を取ってきたアシュリーは、彼らにとって【異物】だ。本当はアシュリーが白薔薇を苦手にしていることも、彼女たちは知らない。

鼻に掛けるどころか、アシュリーは白い薔薇の花があまり好きではなかった。

『ヒアローの白薔薇』と呼ばれるたびに、なぜか気持ちが沈んでゆく。

(きれいだとは思うけど……どうして私は白薔薇が苦手なのかしら?)

赤でもピンクでもそうは思わないのに、白薔薇を見ると無性に辛くなる。憂鬱な気持ちが込み上げてくるのを抑えられない。

もはや個人的な好き嫌いなのでどうしようもないと思うが、さすがに王家の紋章にもあしらわれ、国花に指定されている白薔薇が苦手というのは外聞が悪いので、誰にも話したことはない。

(人のことをあれこれと好き勝手に……)

他人の勝手な評価にはほとほとうんざりしているが、こういう時は自分が感情を表に出すのが下手なたちでよかったと思う。

内心深く傷ついていたとしても、黙っていれば真顔でツンとしているようにしか見えないのだから。

(賢しい女は嫌われる、か)

本当は賢しいから嫌われるわけではないと、アシュリーはわかっている。王国中の秀才が集まる魔導学院にだって、好かれている人はたくさんいた。要するにアシュリーが他人に好まれるようなタイプではない、というそれだけなのである。

（悲しい現実ね……）

生きることを最優先にして生きてきたのだから、仕方のないことだ。そう自分に言い聞かせるしかない。

アシュリーは白魔術と魔術薬学に精通し、その力はすでに学生の力量を超えている。本人にその気があれば、すぐにでも国家魔術師としての資格を得ることができるレベルにまで達している。

だがそれはアシュリーがひたすら努力したからだ。

結婚前の貴族の娘がやるべきこと――裁縫をしたりダンスの練習をしたりする時間のすべてを、勉学につぎ込んだからこうなっているだけ。誰だって物心ついた時から一日十時間以上勉強すれば自分程度の結果は出せる。

（そうよ……私はただ、必死なだけだもの）

多くの視線を感じながらも、アシュリーは形のいい小さな唇をぎゅっと引き結ぶ。

（四度目の人生、若くして死にたくないから、頑張ってるだけなのよ！）

なにを隠そう、アシュリーには三度の前世の記憶がある。

正確に言えば三回分の『死の直前の記憶』があるだけなのだが、どれも二十歳前後の若い娘の時期に死んでいる。

死因は三回とも違う。

毒の入った杯(さかずき)を飲まされ、首を絞められ、心臓を短剣で刺され死んだ。

しかも毎回、同じ顔をした男に殺されている。

そして今世が四度目の人生になるのだが、死の記憶を十年前に思い出したアシュリーは、過去の反省を踏まえ、自分の身を守るために勉学の道を選んだ。

癒しの白魔術だけに頼らず、毒を制するには毒を学ぶべきだと魔術薬学にものめり込んだ。

(もう死にたくない……！　黙って殺されることを受け入れる寂しい人生は絶対にいや！)

アシュリーは魔導学院の首席卒業だけでは満足しなかった。

次の目標は、士官学校で優秀な成績をおさめ、推薦をもらって神の灯火(ともしび)聖教会の神官になることだ。

世界中で広く信仰されている神の灯火教の歴史は古く、レッドクレイヴ王国にも多くの巡礼の地や大聖堂があり、教会の奥深くでは今でも神々の神秘の追究がなされているという。

神官になれば世界中の書物が読めると評判の、帝都の総本山にも出入り自由だ。

アシュリーは熱心な信者というわけではないが、国内外から多くの学者が集まっているという聖教会の学びの場には興味がある。

（聖教会なら、私が過去の因縁を断ち切って、生き残る方法を探せるかもしれない）

身を守るために魔術に磨きをかけ、さらに知識を蓄えたい。

レッドクレイヴでは神官になる最短ルートが士官学校卒業なだけで、軍人になりたいわけではないのだが、どんな場所でも学ぶことに無駄はないはずだ。

なにをしたら生き残れるかなんてわからない。正解などないかもしれない。だが死ぬとわかっているならあがいてみせる。

わけもわからず死ぬのを受け入れたくないし、諦めたくない。

（四度目の人生こそ、絶対に長生きしてみせる……！）

アシュリーは周囲の浮かれた空気とはひとり異質な空気で、気を引き締めるのだった。


それから間もなくして、退屈な入学式はつつがなく終わった。これでアシュリーも晴れて名門レッドクレイヴ士官学校の生徒だ。ホッとする気持ちはあるが気を緩めてはいられない。このまま学生寮に戻り、明日からの授業に向けて予習をしたいところだ。

家族と離れるのは寂しかったが、アシュリーは新しい環境に燃えていた。

（よし、寮に戻ろう！）

荷物は実家から先に送っているので、寮の部屋に届いているはずだ。座り心地の悪い硬い木の椅子から立ち上がり、スタスタと講堂の出入り口へと向かう。

ちなみに自分以外の生徒たちは友人同士で集まっておしゃべりしたり、家族と二年間の別れを惜しみ話し込んでいるが、アシュリーの家族は入学式に来ていない。

不仲だとか折り合いが悪いというわけではない。むしろ両親と兄からは溺愛されて育ったが『あまり目立ちたくないから』と説明して遠慮してもらったのだ。

両親は『娘の晴れの舞台を見られないなんて』と渋っていたが、最終的にはアシュリーの意志を尊重してくれた。実際、彼らがこの場にいたら『アシュリー嬢を紹介していただきたい』だとか『お近づきのしるしにぜひお茶会へ』など詰められて、面倒なことになるのが想像できたのだろう。

貴族令嬢らしくない自分は、社会一般的にははみ出し者だと思っているが、捨て子だった自分をなに不自由なく育ててくれた家族に、不利益になるようなことはしたくない。

(早く私に飽きてくれたらいいけど)

このまま貴族たちの娯楽になるのだけは勘弁願いたい。

そんなことを考えながら講堂を出て、寮へと繋がる中庭の真ん中を歩いていると、女子たちの集団が、きゃあきゃあと騒いでいるのが見えた。

いったいなにごとかと彼女たちの視線の先を探し、アシュリーは息をのむ。

「きゃあっ、ヴィクトル様～！　こっちを向いてくださいまし～！」

「絵姿よりずうっと素敵っ！」

「ヴィクトル様ぁ～!!!」

制服姿の女子たちから少し離れたところに、黄金の稲穂によく似た見事な金髪の男が立っていた。

白の儀礼服に白い手袋をはめており、白鳥のように全身が真っ白だが、それが恐ろしくさまになっている。

(なんなの、あの白くてやたらキラキラしい人は……)

アシュリーは目をぱちぱちさせながら、その青年を観察する。

ヴィクトルと呼ばれた青年は明らかに周囲から浮いていた。

悪い意味ではない。その輝くような美貌があまりにも圧倒的で、唯一無二だったからだ。

周囲の女生徒たちより頭ひとつ背が高く、手足は長くすらりとしているにもかかわらず胸板は厚い。黄金色の髪はサラサラと流れるようにまっすぐで、少し長めの前髪の奥からのぞく瞳の色は、赤い薔薇をそのまま写しとったような世にも珍しい深紅だ。

くっきりした二重瞼を、恐ろしく長い金色のまつ毛が取り囲んでいる。

すっと通った鼻筋も薄い唇も上品で、形のいい両方の耳には虹色の輝きを放つ上品なピアスが輝いていた。

麗しく精悍で、しなやか。そして男らしさが同居した不思議な魅力がある。まるで彼自身が太陽の化身のようなあでやかなまでの存在感だ。

特別に姿かたちが美しい者から選ばれる近衛騎士の兄を間近に見ているからわかるが、あれほどの美貌の持ち主はそうはいないだろう。

（きれいな人……）

見とれてしまったのはほんの数秒、またたきをするほどの一瞬だった。

だがその瞬間、彼の神がかった美貌が、閉じ込めていたアシュリーの記憶とぴったりと重なる——。

『この杯をお飲みください』

差し出される銀色の杯には毒が垂らされていた。

『力を込めたらすぐに折れてしまいそうだ』

首に回された大きな手には迷いがなかった。

『ひと突きで楽に息の根を止めて差し上げます』

振り上げられた煌めく短剣に、すべてを諦め微笑む自分の顔が映っていた。

喉がひゅうっと締めつけられて、薄紅色の唇から声にならない悲鳴が漏れる。

横っ面を張り倒されたような衝撃を受け、足がふらついた。

「うそ……っ……！」

震える手でなんとか口元を覆い奥歯を噛みしめる。そうでもしないと場違いな悲鳴を上げてしまいそうだった。

ああ、ああ。アシュリーは唇を震わせる。

なんということだろう。彼は三度、アシュリーを手にかけた男にうりふたつだったのだ。

（嘘でしょ……！）

普段のアシュリーは、前世の死の記憶を胸の奥のさらに底に押し込めて心に鍵をかけている。

思い出したくないものを思い出してしまわないようにする手段は、いくらでもある。本当は記憶を消して忘れてしまいたいくらいだが、そうすることによって危険を察知できなくなることを恐れて、普段は自身に強い暗示をかけ感情を抑制し、記憶を封印していた。

そのせいで若干アシュリーの表情筋は死んでいて、周囲からは『氷の妖精』だとか言われているが、これればかりはどうしようもない。己の心身を守ることを優先した結果だ。

だが視覚という強烈な実体験に勝るものはない。

突然目の前に現れた麗しい美貌の青年の登場によって、記憶を封じ込めた蓋は強引にこじ開けられ、アシュリーを丸のみにしようと襲ってくる。

「っ……」

悲鳴を飲み込むために握りしめた爪が手のひらに刺さる。痛みはあったがそれどころではなかった。せり上がってくる吐き気と戦っていると、背筋からなにか不思議な感覚がぞぞぞ、と全身を包み込んでくる。

視線を持ち上げると、こちらを見つめる深紅の瞳と視線がかち合った気がした。

彼は黒の制服を着た学生とは違い、白い軍服を身にまとっている。襟元が金糸で縁取られた装束に身を包んだ青年は、周囲の視線をよそにこちらを見ていた。

アシュリーと彼との間には、そこそこの距離がある。

だがアシュリーが彼を認識できたように、向こうもまたこちらをひとりの人間として誰だかわかっている、そう思ったのだ。

彼の周りにはどんどんと人が集まってきていたが、誰のことも見ておらず、青年の切れ長の瞳は、ただ静かにアシュリーを見つめている。

赤い、夕日にも似た熱い眼差し。

なぜ誰も、彼のその視線に違和感を抱かないのだろう。

お前がそこにいることを私は知っているぞ――。

そう言われているような気がして、足元からゾッと寒気が走った。

「ッ……！」

次の瞬間、アシュリーは逃げるように身をひるがえし、寮に向かって全力で走っていた。

一分一秒だって彼に見つめられたくなかった。

中庭から離れ、女子寮の階段を駆け上がり、部屋に飛び込んで、木製の粗末なベッドに潜り込んだ。

士官学校は貴族の子弟のための学校なので個室が与えられている。とはいえ贅沢なものではない。実家の私室の半分以下の広さで、小さな木製のベッドと使い込まれた書き物机と椅子、小さな収納棚に衣装簞笥（だんす）、窓際に小さな丸テーブルがひとつ置かれているだけの質素な部屋だ。あとは家から持ってきたトランクがひとつ、床に置かれているだけである。

ドアを急いで閉めたが、体の震えは止まらない。

ドッドッドッドッ……。

脂汗がこめかみを伝って落ちる。身を丸めたアシュリーの薄い胸の奥で、心臓がありえない速さで鼓動を打つ。全身から血の気が引き、手足はガタガタと震えていた。

まさか士官学校で因縁の相手に会うなんて想像もしなかった。肉食動物に獲物として認識された小さな草食動物の気持ちが、生まれて初めて理解できた気がする。

（なにこれ……こんな感覚、初めて……。いやだ、怖い……怖い、怖い怖い怖いっ！）

感情表現が豊かな両親や兄と違い、アシュリーは気持ちを表に出すのが少し苦手だった。

前世の記憶を思い出してから、どうせ自分は二十歳前後に死ぬのだと、諦めのようなものがあったからだ。

今この時を楽しいと思っても、近いうちに死ぬ運命にある。そのことがわかっているから、楽しんでも無駄だと人生に見切りをつけていた。

喜怒哀楽をどこかに置いてきてしまった、そんな人生だった。

だが中庭で青年を一目見た瞬間、アシュリーの感情は自分でもどうしようもないくらい乱れた。今にも爆発してしまいそうな、熱いなにかが腹の奥からせり上がってきて、自分を抑えられない。アシュリーは完全に我を失っていた。

(どうしよう、えっ、あれは私が見た幻とかそういうものではなくて!?)

年ごろは二十代前半に見えたが、着ているのは士官学校の制服ではない。

(白の軍服ってことは、かなり身分が高い人なんだろうけど)

前線に出ないから白を身にまとう。きっと大貴族の子弟なのだろう。もしかしたら卒業生なのかもしれない。

正体が知りたいが、幼いころから貴族の集まり的なものには一切顔を出さなかったので、彼がどこの誰かわからない。前世の記憶があるとはいえ、夢で見て知っているのは『死の直前のやりとり』だけだ。

過去三回、たったひとりの美しい青年の手にかかってアシュリーは死ぬ。

もちろん今世だってその可能性がないとは言い切れないと思っていたが、今度こそ生きながらえてみせると士官学校に入った矢先の出来事に動揺が止まらない。

「はぁっ……はぁっ……」

落ち着け。見間違いかもしれない。勘違いかもしれない。

冷静になって考えてみれば、それなりに距離が離れていた。黄金色の金髪に深紅の瞳だったから、勝手に夢の青年と重ねてしまったのかもしれない。

「そうよ……きっと、そう……」

アシュリーは胸の上を手で押さえ、必死に呼吸を整えていたのだが。

トントン。

「っ！」

唐突に部屋のドアがノックされ、アシュリーはベッドの上で驚いた猫のように飛び上がっていた。

「ごめんなさーい！　アシュリーさん。いるかなぁ？」

だがドアの向こうから聞こえてきたのは、かわいらしい女の子の声だった。

(びっ……びっくりした……。そうよね、ここは男子禁制の女子寮だもの)

男がいるはずがない。

アシュリーはホッと胸を撫でおろしつつ、ベッドを降りてドアを開ける。

すでに顔はいつもの真顔である。

「どなた？」

廊下に立っていたのは、アシュリーより少し背が低い女生徒だった。

栗毛のショートカットはくりくりとしたくせっ毛で、少し垂れ目で愛らしい。頬にはかすかにそばかすが浮いていて、巻き毛の子犬を想像させた。

「こんにちはっ！」

彼女は表情の乏しいアシュリーとは正反対の人懐っこい笑顔で、微笑みかけてきた。

「こ、こんにちは……」

あまり人付き合いが得意でないアシュリーが戸惑いつつも返事を返すと、彼女は後ろ手に持っていた包みをサッと突き出すように差し出す。

「あたし、隣の部屋のエマ・ボリスって言います。お近づきのしるしにどうぞ。女子みんなに配ってるから遠慮せず受け取って」

彼女のハキハキした態度に押されつつ包みを受け取る。手のひらサイズの紙の箱はリボンで閉じられていたが、ふわりとバターの香りが漂った。

「まぁ、ありがとう」

殺されるかもと怯えていたところだったので、彼女の登場にホッと気が緩む。

「叔父さんが王都で王室御用達（ごようたし）のパティスリーをやっているの。だから味は保証付きだよ」

「『ボリス』……。そういえば、お兄様が時々、王宮から持って帰ってくださることがあったわ。あなたのご親族なのね」

世間知らずな自覚はあるが、兄が社交的なのでそういった情報はいやでも耳にする。

「わぁ、知っててくれたの？　うちはもともと武門の家系だけど、叔父さんがお菓子作りに目覚めて始めたお店なんだよ～！」

エマはうふふと笑いながら、人懐っこい笑みで軽く首をかしげた。

基本的に家を継ぐのは長男で、大貴族でない場合、残りの兄弟は自活するしかない。武人の家系から菓子作りを目指す人間が出たのは珍しいが、戦争もない平和な世の中だ。そういうこともあるだろう。

（お菓子をくれるなんて、いい人だわ）

アシュリーは今まで友達らしい友達も作らずに生きてきた。

人見知りなくせして、今はひとりでいたくないという打算だが、なによりも目の前の子犬のような愛らしい彼女と話してみたかった。

（よ、よし……誘ってみようっ……）

アシュリーはぎゅっと奥歯を噛みしめて、彼女を見つめ返す。

「エマさん、よかったら一緒にお茶でもどうかしら。その……実家からおいしい紅茶を持ってきているの」

表情は真顔だが、勇気を振り絞ったアシュリーの提案に、エマはパッと瞳を輝かせる。

「嬉しいっ、ぜひぜひ！　そうだ、あたしのことはエマって呼んで！」

「では私のこともアシュリーと呼んでくれる？　さぁ、どうぞ」

アシュリーはエマを部屋の中に招き入れつつ、さりげなく周囲を見回して男の姿を探す。

（気のせいよね）

なんとなく視線を感じた気がしたのだが、おそらく神経が過敏になっているのだろう。

そう自分に言い聞かせたのだった。


「見つけた……嘘みたいだ」

青年は声を押し殺しながら、閉じられたドアを廊下の奥から見つめていた。

彼女が周囲を見渡した時、美しい黒髪が波打って、目の前に小さな星が瞬いたような気がした。

それは青年にとって奇跡にも等しい出来事で、その場で彼女を攫（さら）って逃げてしまいたいという衝動を抑えるのが大変だった。

ここは女子寮だ。見つかれば当然ただではすまないが、そんなへまはしない。周囲に強く認知を歪める魔法をかけて、自分の姿が他人の視線に入らないよう魔術を施している。

認知を歪めるのはかなり高等な技術だが、この男にとってその程度は児戯に等しい。

「アシュリー・リリーローズ・ガラティア……。君は名前も美しいんだな」

絞り出した声は震えていた。

いや、声どころではない。全身がブルブルと細かく揺れている。止められない。

彼女に再会できた喜びは目が眩むほど強烈で、とても自分を抑えきれそうにない。こんな体験は生まれて初めてだった。

（波打つ黒髪と世にも珍しい虹色の瞳は、夢の中の彼女とまったくもって同じ。なにも変わっていない……！）

周囲の生徒の様子からして、アシュリーは有名な存在だったらしい。

国外に出て十年、一度でも帰国していれば彼女の噂を耳にすることができただろう。たとえ顔を見なくても、虹に似た瞳を持つ娘がいると聞けば、ピンときたはずだ。

そう思うと国を離れていた自分に腹が立って仕方ないが、この十年は自分にとって必要な学びの期間だった。

それに、もし万が一アシュリーの存在を知っていれば、男爵家に押し入ってアシュリーをかどわかし、どんな悪意も届かないような場所に彼女を監禁していたのではないだろうか。

士官学校に入ったのは二年間の自由な時間を得るためだったが、今、この時期に再会できたことに意味があるはずだ。だからこれでいいのだ——と自分に言い聞かせた。
己はもう無力な子供ではない。無理を通せるだけの知性と権力がある。
青年は耳朶で虹色に輝くピアスをゆっくりと指で挟み、撫でながら決意を新たにする。
(手に入れなければ)
彼女の心を。体を。
もう誰にも邪魔はさせない。たとえ神であっても彼女を奪わせない。
そのことで、彼女以外の誰を不幸にしたとしても、どうでもいい。
この世界はもう五百年生きたのだ。十分だろう。
今度こそ、彼女を誰の犠牲にもしない。
青年は白い手袋の拳をきつく握り、そうっと踵を返し女子寮をあとにしたのだった。

翌朝。アシュリーはエマと一緒に教室で授業の開始を待っていた。粗末な机の上には新品の教科書と筆記具が置かれている。開け放った窓からはそよそよと風が吹き込み、清々しいなと思っていたが、エマは違うようだ。
「眠いよぉ……」

窓際の席で、机の上に伸びているエマがふわふわと大きなあくびをする。

初日からあまり褒められた態度ではないと思うが、彼女のこういうところを見るとこちらも肩から力が抜ける。アシュリー自身、自分の頭が固いとわかっているので、エマのこういうところを見習いたいとも思う。

（エマってかわいいわ）

表情筋が死にかけの自分と違って、いつもリラックスしていて感情もわかりやすい。

特に笑った顔がかわいい。彼女にニコッと微笑まれると、なんだかこちらまで胸のあたりがポカポカして、あたたかい気分になれる。

（私もこんなふうに笑えたらいいのに……）

普段は記憶の制御をしているせいか、アシュリーはうまく感情を表に出せない。心の中ではいろいろ考えているのだが、それをどう表現していいのかわからないのだ。

今自分がなにを感じているか口にしようとしても、態度で示そうとしても、急に喉が締めつけられて、声が出なくなる。

誰に咎められたわけでもないのに、自分の気持ちを口にすることは、とても『悪いこと』のような気がするのだ。

『ヒアローの白薔薇』『氷の妖精』

いろいろとあだ名をつけられているが、それは自分が不器用なだけだと、アシュリーは理解している。

（あぁ、いけない。落ち込んでいてはだめね）

アシュリーは慌てて背筋を伸ばし、エマを見つめる。

「まだ始まってもないのに、あくび？」

アシュリーが問いかけると、

「明日から授業だと思ったら緊張してよく眠れなかったんだよねぇ～。アシュリーはそんなことなかった？」

むにゃむにゃ言いながら唇を尖らせるエマの髪が、朝日でキラキラと輝いていた。

その様子をきれいだなと思いながら、アシュリーは軽く虹色の目を細めた。

「ワクワクはしていたけど、緊張はしなかったと思うわ」

昨日、自分を殺した男にうりふたつの青年を見たような気がして動揺してしまったが、とりあえず見間違いということにしている。

金髪はそれほど珍しくはない。赤い瞳はきっと光の加減でそう見えただけだろう。

ちなみにエマは軍務卿（ぐんむきょう）の娘だという。兄と姉がひとりずついて三人きょうだいの末っ子らしい。二十歳でアシュリーよりふたつ年上だったが、本人のかわいらしさもあって年齢差も感じず、すぐに打ち解けることができた。人懐っこいエマのおかげだ。

（親しい友達を作るとあとが辛いから、やめておこうと思っていたけど……）

四度目の人生はなにがなんでも死なないと決めて士官学校に入学した。これまでずっと勉学一筋だったが、許されるものなら友達だって作ってみたい。

前世の記憶があるとはいえ、アシュリーだって十八歳の女の子らしく、お茶会をしたり、他愛もない話をしたり、女の子同士でお買い物に行ったりという、普通の生活に憧れているのだ。

（四度目の人生初の、お友達だわ……！）

隣に座っているエマを見て、アシュリーは浮つく気持ちを抑えきれなかった。

そうやって緩む頬を必死に引き締めていると、がらりと後ろのドアが開く音がした。

教室の空気が一変したのを感じたアシュリーは、教師が来たのかと後方を振り返る。

だが教室に入ってきたのは、入学式で見た老年の教師ではなかった。

（う、う、嘘でしょ……!?）

なんと、昨日の、卒業生だと思った美青年が教室内に入ってきたのだ。

相変わらず真っ白な手袋をはめているが、白いシャツブラウスにタイとベスト、黒いパンツ、そしてブーツというシンプルな制服姿だ。式典がある時は昨日のように金モールで飾られた儀礼服兼制服を身にまとうが、あれもまたまごうことなき士官学校の制服である。

アシュリーだってプリーツスカートではあるが、彼とほぼ同じ格好をしている。

（待って。彼が士官学校の制服を着ているってことは……）

ひとり息を殺したアシュリーだが、男子生徒は目を丸くし、女生徒たちが一気に色めき立つ。

「ヴィクトル様⁉」

「うそっ、士官学校に入学されるって本当だったのねっ」

ヴィクトル様。確かに昨日、彼はそう呼ばれていた。

動揺のあまりあれから考えることを放棄してしまっていたが、ヴィクトル――その名をどこかで聞いたことがある。

だが今日ばかりは頭がまったく回らなかった。今すぐ叫んで教室を飛び出したい気持ちを必死で抑え込み、アシュリーはゆっくりと前を向いて視線を逸らす。

（私は石……私は木！）

自分の存在感を必死に消していると、

「隣、座っていいか」

「っ⁉」

いきなり右隣に甘やかで、なおかつさわやかな声がして、心臓が跳ねあがった。

ちらりと顔を上げると、黄金色に揺れる前髪の奥から、深紅の美しい双眸（そうぼう）が、煌めきながらこちらを見おろしていた。

なんと『噂のヴィクトル様』がアシュリーの隣に座りたいと言っている。

（他にも席は空いているのに、なぜ？）

驚愕のあまり目が離せない。心臓がキューッと縮み上がる。

一方、食い入るような、不躾に近いアシュリーの視線を受けて、ヴィクトルは少し照れたようにはにかんだ。彼が優雅に微笑むたび、周囲に謎のキラキラが発生している。まつ毛が揺れると、窓から差し込む朝日にそれが反射して淡く光を放った。

まるで一枚の絵画だ。

（なんてきれい……）

その一瞬、アシュリーは言葉を失った。この世にはなんと美しいものがあるのだろうと見とれてしまった。

だが遅れること数秒、彼が胸元から短剣を取り出して胸に突きさすシーンが浮かんで、恐怖のあまり全身からどっと汗が噴き出す。

「……どうぞ」

絞り出した声はかすれていた。

「ありがとう」

ヴィクトルは、切れ長の瞳を細めながら腰を下ろす。と同時に、アシュリーは机の上に置いていた教本をさっとまとめると、椅子から立ち上がっていた。

（無理……！）

そして無言のままヴィクトルの横を通り過ぎようとしたのだが、次の瞬間、慌てたように立ち上がったヴィクトルに腕をつかまれた。

手袋越しではあるが、いきなり触れられて全身から血の気が引いた。

一方ヴィクトルは、焦ったように顔を近づけてくる。

「待ってくれ。自己紹介もまだなのに、僕はなにか失礼をしてしまっただろうか」

いや、顔だけではない。声もしょんぼりとしているのをまったく隠していない。

悲しげに眉を寄せ、深紅の瞳でじいっとアシュリーを見つめてくる。なぜこんなことになったのか本当にわからない、といわんばかりの表情だ。

友好的な態度を取られているが、アシュリーにとっては混乱しかない。

アシュリーは前世で三度この男に殺された。三度殺されたのだから四度目があるはずだ。むしろ四度目はないと思うほうがおかしい。

（この顔だって演技だわ……そうに決まってる。油断したところを殺しに来るんだわ！）

そう思うのに、太陽神もかくやといわんばかりの美貌の青年の深紅の目に潜む、得体のしれない熱がアシュリーを戸惑わせる。

殺意というよりは、どこか切なさを秘めている不思議な瞳から目が離せない。

一瞬、そのまま謝罪の言葉を口にしそうになってしまったが、ハッと我に返る。

（いや、なにほだされそうになっているの……！）

つかまれた手を振りほどこうとした次の瞬間、

「ちょっとあなた、いくらなんでも無礼ですわよ！」

甲高い女性の声が教室に響いた。

声のしたほうを振り返ると、豊かな赤毛の美女が不快感をあらわにし、わなわなと震えながらこちらをにらみつけている。

かなり怒っているようだが、アシュリーとしてはなぜ、としか思えない。

（誰……？）

どこかで会ったことがあるかと考えたが、やはり見覚えはない。いきなりの乱入にポカンとしていると、エマが焦ったように声を抑えつつささやいた。

「内務卿（ないむきょう）のご息女で侯爵令嬢のハーミアさんだよっ……」

「そ、そう……」

内務卿といえば事務方のトップである。当然、王宮では権力者だ。

もしかしてこのヴィクトルと呼ばれる男は、ハーミアの縁者なのだろうか。だから無礼な態度をとったアシュリーに怒っているのかもしれない。だとしてもいちいち彼女に構っている暇はない。

アシュリーは改めてヴィクトルに向かい合うと、

「自己紹介なんていりません。あなたが誰であっても私には関係ないので」

きっぱりと言い切って腕を振り払っていた。

本当は震え上がるほど恐ろしかったが、この時ばかりは顔に出ない女でよかったとホッとする。

「アッ、アシュリー!?」

淑女にはふさわしくない態度をとったアシュリーに、エマは驚いたように目を丸くし口をパクパクさせる。

それはハーミアも同様で「まぁっ！」と声を上げて、信じられないといわんばかりに目を見開き、全身をわなわなと震わせた。

「なんなの、ヴィクトル様に向かって！」

彼女の発言をきっかけに、他の女生徒たちも、次々に立ち上がって非難の声を上げ始める。

「『ヒアローの白薔薇』だのなんだの言われて、調子に乗っていらっしゃるんじゃなくて!?」

「ハーミア」

だんだん大きくなる非難の声に、ヴィクトルがたしなめるように口を開いたが、

「ヴィクトル様は寛大すぎますっ！　それでは周囲の者に示しがつきませんっ！」

ハーミアはそれを遮るように首を振った。

ひとりでいたいと思うことがなぜ『調子に乗っている』ことに繋がるかはわからないが、なんにしろヴィクトルに関わると面倒ごとが起こるのは間違いないようだ。

アシュリーは小さく深呼吸して口を開く。

「なにを言われようとも、私はここに勉強するために来たので」

アシュリーはそれだけ言うと、騒ぎの中心から離れ、廊下側の一番後ろの空いた席に腰を下ろした。

「今の聞いたか……？」

「聞いた。すげえな。さすが『氷の妖精』だぜ」

謝罪の言葉ひとつ口にしないアシュリーに、生徒たちが呆れたように顔を見合わせざわついたが、もうどうしようもない。

（あぁ、もう……初日から目立ってしまった……最悪……！）

アシュリーはきりりきりと唇を引き締める。

表情筋が死んでいるだけだが、さぞかし自分は傲岸不遜に見えただろう。

だが心臓はバクバクと音を立てているし、全身から血の気が引いて握りしめた手はひんやりと冷たくなっていた。足の感覚もない。

我ながらよく転ばなかったと褒めてやりたいくらいだが、肌の表面がぴりぴりするような緊張感は、距離をとっても消えなかった。

（私のことを、見ている……？）

凍り付いたような教室の中でも、ヴィクトルがこちらを見つめているのを肌で感じた。

だがアシュリーは絶対に彼のほうを見なかった。絶対に視界に入れてなるものかと、目の前の黒板をにらむ。

そこにいると認めてしまえばもう無視はできなくなってしまうから。

当然、教室はいつまでも騒然としていたが、アシュリーはぴしゃりと心と耳のドアを閉じて意識を周囲から切り離していた。

それから間もなくして教師が姿を現し、教室内がホッとした空気になる。

ヴィクトルのほうを見ると、ハーミアが取り巻きを引きつれ、ヴィクトルに近づいて、そのままさりげなく彼の隣に腰を下ろしていた。

「ヴィクトル様、貴族社会から浮いている娘にお声がけなされたこと、ご親切心でなさったことでしょうけど、気になさることはありませんわ」

ハーミアの言葉がグサグサと胸に突き刺さる。

（浮いてるって……知ってたけど、ちょっとだけ辛いわ……）

自分のしたことだとわかってはいるが、やはり落ち込んでしまう。

ヴィクトルは無言で彼女の言葉を聞いていたようだ。

こちらに背中を向けたヴィクトルがどんな表情をしているのかはわからなかったが、こうして士官学校最初の授業が始まったのだった。

授業が終わるやいなや、教室をこっそりと抜け出したアシュリーをエマが追いかけてきた。

「アシュリー……！」

腕のあたりをつかまれて廊下の途中で立ち止まる。捕まる予定はなかったし逃げ切るつもりだったが、アシュリーは運動はからっきしなのだ。

「エマ……ごめんなさい」

周囲にヴィクトルの姿がないことを確認し、アシュリーは諦めて頭を下げる。

教室で起こった騒動で、これからの自分の士官学校生活がなんとなく予想できたアシュリーは、エマに謝ることしかできなかった。

こんなことさえなければ友達になれそうだったのに、常識がない女だと嫌われただろう。そう思うと悲しくて胸の奥がキリキリと痛んだ。

「別にあたしに謝る必要なんてないよ。ちょっと話そ」

エマは周囲をくるくると見回した後、人目を避けるように使われていない教室に入りドアを閉める。

「ヴィクトル様となにかあったの？」

そう尋ねてくるエマの表情は好奇心ではなく、純粋に心配しているような気配がある。アシュリーの強張った体から少しだけ力が抜けた。

なにかあったといえば、ある。

アシュリーは過去三度、彼と同じ顔をした青年に殺された。だが前世の記憶があることを他人には話せない。信じる信じないの問題ではない。過去三度同じ男に殺されるというのは、かなり強い因縁があるわけで、魔術が発展した社会だからこそ、死にまつわる縁を広げたくない。

親切にしてくれるエマを不幸な因果に巻き込んでしまったらと思うと、とても話せなかった。

アシュリーはほんの少し息をのみ、頭の中で言葉を選びながらゆっくりと口を開く。

「ううん、なにも。初めてお会いした方よ」

「じゃあどうして？」

エマが不思議そうに首をかしげる。

「私、男性が苦手なの。他にも席が空いているのに、急に隣に座られたから、びっくりして怖くなってしまって」

嘘ではないが真実でもない。だが本当のことを言えるわけがないので、こう説明するしかなかった。

それを聞いて、エマはホッとしたように息を漏らす。

「そうだったんだ！　でもヴィクトル様は大丈夫だよ！　不埒な人ではないからっ」

「大丈夫ってその……名のある貴族なのかしら」

振舞いはどこから見ても品行方正だった。身分が高ければ信用できるというわけではないが、士官学校という狭い環境での醜聞は嫌うはずだ。

おそるおそる尋ねると、エマは一瞬驚いたように目を見開く。

「知らないの？」

「言ったでしょう、男性が苦手だって。私、社交界デビューも済ませていないし」

貴族の娘にとって、少しでも条件のいい相手と結婚するための社交界だ。もとから結婚する気がないアシュリーは、華やかな場とは無縁に生きてきたし、これからもその予定はない。

ハーミアがアシュリーのことを『浮いている』と言っていたが、それは事実だった。

「彼は、ヴィクトル・ユーゴ・レッドクレイヴ殿下だよ」

「え？」

レッドクレイヴの名を聞いて、全身から血の気が引く。

「我が国の王子様」

一瞬自分の耳を疑ったが、エマが肩をすくめながら苦笑した。

「……そう、だったの」

さすがに呆れられただろうか。だが知らないものは知らないので、もう開き直るしかない。

「お名前は聞いたことがあったかも……。女王陛下のご長男ね」

レッドクレイヴは、数年前に夫を亡くした女王が治めており、彼女には三人の子がいる。王子がひとり、少し年の離れた幼い王女がふたり。長男がヴィクトルで、おそらく数年後には立太子し、しかるべき時代が来たら王として即位する。れっきとした次期国王である。

「まぁ、十年近く帝国に遊学されていたから、お顔を知らないのは仕方ないよ。あたしは父様について何度か帝国に行ったことがあるから、殿下にお会いしたことがあるの」

「そうだったのね」

アシュリーは唇を少しだけ噛んで、おそるおそる尋ねる。

「その、殿下はどんな方？」

正直言って自分を殺すであろう男のことなどまったく知りたくないが、身を守るなら知っていたほうがいい。そう自分に言い聞かせながら尋ねる。

するとエマは人差し指を顎のあたりに当てて、小首をかしげた。

「えっとね～。まっすぐで、裏表がなくて、正義感が強くて、誰にでも平等で。あたしが小さいころは『初恋泥棒』って呼ばれてたよ」

（は、初恋泥棒……？）

思わずスンッと真顔になってしまったが、要するに殿下は今も昔も女の子たちの憧れの的らしい。

「剣も弓も超一流で、馬もお得意。八歳で六か国語をマスターして、十二歳で五百年前の古文書を解読し、神童と呼ばれたんだって。だけどちょうど十年前……十三歳になった時に、『もっと学びたいことがあるから帝国に行きたい』って女王様に直談判したんだよ。宮廷は大騒ぎになったんだけど、殿下がまったく譲らなくて、結局女王様が折れるしかなかったんだって。父様が言ってた」

「へぇ……」

一国の王子という恵まれた立場にありながら、遠く離れた帝国に遊学してまで学びたいことがあるとは驚きだ。

なんとなくだが、その執念が自分と似ている気がする。

「で、遊学先の帝国でもその才能はいかんなく発揮されたらしくてねぇ。みるみるうちに皇子や皇女、大貴族たちのご学友として信頼を勝ち得てしまって。本当は三年で帰ってくるはずだったのに、なんだかんだと理由をつけて引き留められて、十年になってしまったんだって」

「それは……女王陛下もお困りになったでしょうね」

大事な跡取りが帝国から十年も帰ってこないなんて、さぞかしヤキモキしただろう。

「そうそう。だから外務卿とか、父様がたびたび帝国に派遣されたりしてね～。帰国を促していたみたい」

エマはなにかを思い出したように、クスッと笑う。

「帰国が決まってからは、殿下の帰国を惜しんでお写真がたくさん撮られて、その写真が帝国のお嬢様方の間で大流行。枕の下に写真を忍ばせて、誰もが殿下と夢の逢瀬をしたがったとか。お写真をもとにした絵姿もたくさん刷られたんだけど、それが王都に輸入されて、結構なブームになったんだよ」

「え、絵姿……？」

写真はそれなりに高価なものだから、広く頒布するためにそれをもとに絵を描いたということなのだろうが、それが王国に輸入されたと聞くと、そこまで？　と思ってしまう。

物語に出てくる勇者のような扱いに若干引きつつも、そういえば女子たちが『絵姿よりずっと素敵！』と騒いでいたことを思い出していた。

「少し前に王国に戻ってこられて、その後どうなさるのかって話題だったんだけど、まさか士官学校に入るとはね～。はーびっくりした！」

軍務卿の娘であるエマが知らないのだから、王子の入学は秘密だったのだろう。

ふとハーミアの姿を思い出す。

(内務卿の娘で侯爵令嬢なら、殿下にも釣り合うでしょうしね)

彼女にとって自分が疎ましい存在に見えたのは当然だ。

「ちなみにハーミアさんは、殿下の婚約者?」

だとしたら教室内での抗議も理解できるのだが、エマは慌てたように首を振る。

「えっ、違うよ。身分的には候補のひとりでもおかしくないけど、殿下は十年間も王都を離れてたから、正式にはな～んにも決まってないと思う。お妃候補の選定はこれからじゃないかな」

そう言ってエマは、ふと思いついたように言葉を続けた。

「なるほど、殿下が士官学校に入学するのを内緒にされていたのは、殿下目当ての女性を遠ざけるためなんだ。ハーミアさんは内務卿の娘だから、知ってたんだろうなぁ……。間違いなくこのことが知られてたら女子の入学者が殺到してたね。未来の王様が大人気なのは悪いことじゃないと思うけどっ」

エマはあははと笑い、それから少し声を潜めて顔を近づける。

「それでその……アシュリーは殿下が迷惑ってこと?」

「それは……」

エマの口から聞くヴィクトルは、まさに非の打ち所がない完璧王子様(パーフェクトプリンス)だ。見目麗しく端整で、物腰は柔らかく落ち着いている。文武両道を絵に描いたようなお方なのだろう。

たとえここが士官学校であったとしても、貴族の娘なら王子の目にとまるのは最高の栄誉だ。お近づきになれるのを拒む娘などいない。

だがアシュリーはそんなことを望んでいないのだ。

(視界に入れるのだって恐怖なのに)

さすがに前世で三度殺されているなんて言えない。どう説明すれば不自然にならないだろうか。

アシュリーは目を伏せて、唇を噛み苦い表情を作った。

相手は王族だし、兄は女王に仕える近衛騎士でもある。エマに悪気がなくても、誰の耳に入るかわからない。万が一でも家族に迷惑をかけるわけにはいかない。

「あのね……勉強をしに士官学校に入ったんだから、その……殿下に限らず、異性とお近づきになりたいなんてまったく思ってないの。それだけのことだから、エマも気にしないで、このことはもう忘れてくれていいからね」

本当はヴィクトルひとりを避けられればいいのだが、さすがにそうは言えなかった。

アシュリーの返事を聞いて、エマは感心したように目を輝かせる。

「なるほど、今は勉学優先ってことね。今や士官学校にいる女子の大半が殿下狙いだっていうのに、アシュリーって本当に偉いねぇ……。よし、わかった、あたしに任せて。ぴったりアシュリーにくっついて、不埒な男子は近づけないようにしてあげるからっ」

　愛らしい子犬のような顔をキリッとさせたエマは、胸を張ってアシュリーを見上げてくる。

「エマ……。私とこれからも友達でいてくれるの？」

　誤魔化してしまった後ろめたさはあるが、そう言ってくれたエマにアシュリーは衝撃を受けた。

「あったり前じゃない。教室でのことは、アシュリーは悪くないと思うよっ」

　彼女は胸のあたりを拳でとん、と叩くと、唇の両端をキュッと持ち上げる。

　善意しかない彼女の言葉に、胸があたたかくなる。彼女のような人はきっと稀だろう。大事にしなければ。

「ありがとう、エマ。そうしてくれると助かるわ」

「よしっ、じゃあ教室に戻ろ」

「ええ」

　エマという友達を失うことは避けられたことに感謝しつつ、

（ヴィクトル・ユーゴ・レッドクレイヴ殿下……）

　口の中で彼の名前をつぶやいていた。

　王子は十年前に帝国に遊学したという。アシュリーが記憶を取り戻したのも同時期だ。

（でも、どうしよう）

本当は今すぐ士官学校から逃げ出したい。なにが楽しくて自分を殺そうとしている人間の近くで生活しなければならないのだ。

だが入学一日目でいきなり退学するのも、家族の反対を押し切って入学してきた手前、すぐには決断できない。

（とりあえずもう少し様子を見よう。彼が自分に声をかけてきた理由も探っておきたいし）

周囲から完璧王子だと言われているような人物なら、多少は人目を気にするはずだ。いきなり襲ってくることはないだろう。

アシュリーはそう自分に言い聞かせながら、ぴょんぴょんと跳ねるように歩くエマと教室に戻ったのだった。


「アシュリー、おはよう」

「っ!?」

朝、食堂に並んだところで、ヴィクトルがどこからともなく姿を現しアシュリーの背後から声をかけてきた。

アシュリーが王子に無礼な態度を示したのは、昨日のことだ。まさか向こうから話しかけてくるとは思わなかったので、アシュリーも、ふわふわとあくびをしていたエマも完全に言葉を失ってしまった。

（あんなふうに避けられて、また話しかけてくるの？）

自分が同じ立場だったとしたら二度と立ち直れない自信があるのだが、いったいどういう精神構造をしているのだろうか。

（頭のねじが一、二本、緩んでいらっしゃるのでは？）

アシュリーが失礼なことを考える一方で、ヴィクトルはニコニコと微笑みながら、相変わらず謎のキラキラした空気を周囲にまき散らしつつ、女生徒の注目を一身に集めていた。

「でっ……殿下、おはようございます。お先にどうぞ」

アシュリーはなんとか挨拶を絞り出し、スッと身をひいたのだが、

「特別扱いはやめてくれ。僕もここではひとりの学生だ。過剰な敬語も、殿下と呼ぶのもやめてほしい。ただのヴィクトルでいい」

ヴィクトルはそう言って、じいっとアシュリーの顔を覗き込んでくる。

（これは……はいと言わないといけない流れ……！）

アシュリーは内心怯えながら、小さくうなずいた。

「わかりました……ヴィクトル」

　すると彼は満足したように目を細め、それからアシュリーの隣で目を丸くしているエマにもにっこりと微笑みかける。

「エマもおはよう。ずいぶん眠そうだな」

　絵に描いたようなさわやかな笑顔だ。その声は低いが柔らかく、相手を気遣うような優しさがある。

　声をかけられた時は怯えたくせに、その笑顔を見た瞬間、不覚にも少しだけドキッとしてしまった。

　三度殺されてなかったら、完全に騙されていたかもしれない。

「でんっ……ヴィクトル～おっ、おはようございますぅ～！」

　あくびをしていたエマも、驚きすぎて一気に目が覚めたようだ。あわあわしつつ、アシュリーとヴィクトルの顔を見比べた。

（エマが困ってる……）

　男子を近づけないようにするからね、と言ってくれたのは本当にありがたかったが、相手が王子だとそうもいかないようだ。

（逃げ出したい……！）

　アシュリーが脳内で逃走経路を探していると、王子のやや後ろに立っていた黒髪短髪の青年が、眼鏡を中指で押し上げながら一歩前に出た。

「よければ朝食をご一緒にいかがですか。殿下は帰国したばかりですので、おふたりから最近の我が国の情勢など、聞かせていただけたら」

ヴィクトルの従者なのだろう。誘い方はスマートだが断る隙を与えない。

生真面目を絵に描いたような青年だが、やはり彼も押しが強かった。

「ロイ、無理強いをするな」

彼の言葉にヴィクトルは苦笑しつつも、じいっとこちらを見おろしている。空気を読んで引くつもりはないらしい。いつも穏やかに微笑んでいるが、いったいどういう気持ちであんな顔をしているのだろうか。

(すごい圧だわ……)

自分ひとりならなんとか理由をつけて遠慮するが、隣にはエマがいる。悩ましいが軍務卿の娘であるエマを困らせたくない。

「わかりました。ご一緒します」

アシュリーは抑揚のない声でそう答えるしかなかった。

四人でテーブルにつき、パンとソーセージ、ハム、キャベツの酢漬けや野菜のソテー、コンソメスープとたっぷりミルクの朝食を口に運ぶ。食堂は生徒も職員もみな同じメニューだ。

贅沢に慣れ切った貴族の子弟たちには『まずい』と不満を口にする者もいたが、アシュリーは不満に思うことはなかった。好き嫌いもないし、なんでもおいしい。アシュリーがパンにキャベツやソーセージを挟んでモグモグしていると、正面に座ったヴィクトルがニコニコと微笑みながらこちらを見ているのに気がついた。

「なにか？」

見ていることを隠さない、まっすぐな眼差しに胸の表面がザラつく。

「よく食べるんだな」

ヴィクトルが嬉しそうに目の縁を赤く染めているのが意味不明だ。

なにが面白いのだろう。もしかしてバカにしているのだろうか。男性の前で女性がパクパクと大口を開けて食事をするのは確かにおかしいかもしれないが、ここは士官学校だ。未来の夫を探しているわけではないし、そもそも同じテーブルに誘っておいて『よく食べる』と言われるのは正直カチンときた。

「殿下の前でお見苦しいと思われるなら、控えます」

アシュリーが真顔で持っていたパンを皿の上に戻すと、ヴィクトルがハッとして慌てたように首を振った。

「ち、違う！　そういう意味じゃない！　その……よく食べる姿を見て、安心しただけだ」

（安心？）

なぜアシュリーが食べることで王子がホッとするのかよくわからない。

そもそも人生において食が細かった記憶はないのだが、腰を浮かせてまで必死に弁明する王子を見ると、とりあえず貶めるつもりがあったわけではないというのは、なんとなく伝わってきた。

「食べておかないともたないので」

アシュリーのそっけない返事に、エマが慌てたように口を挟む。

「あ、そうだっ！　あたしは魔術はからっきしなんですけど、アシュリーは本当にすごいんですよ～！　体を軽くする魔術とか、ほとんど詠唱もなし！　ほんと空を飛べるかと思ったんですから！」

エマが昨日の授業の様子を話して聞かせる。

それを聞いてヴィクトルの隣のロイが「ほぅ」と眼鏡を指で押し上げ、感心したように目をぱちくりさせる。

「入学したばかりでそのような魔術も使えるのですか」

「体を少し軽くするだけの魔術です。魔導学院では初歩に過ぎません」

自分が特別なわけではないという意味を込めて、アシュリーは首を振った。

魔術は自然界のありとあらゆる場所に存在するマナを、人の体を経由させて魔力にする。

だが誰でもできるわけではない。自然の中に存在するマナを引き出すにはその人間の資質が大いに関係する。

　大きな魔術を使えば体は疲れ、魔力が底をつけば歩けなくなるし、意識を保ってすらいられなくなる。要するに体力と同じだ。

　目の前のコップを手で動かしたほうが早いか、風の魔術を応用した術を使ったほうが楽なのか、それは完全に個々人の能力差だった。

　ちなみにアシュリーは白魔術に特化していて、怪我を治したりするのは大得意だが、そのほかはそこそこのレベルである。感心されるほどのことではない。

　五百年くらい前までは、箒（ほうき）に乗って空が飛べる『魔法使い』という強い魔力を持つ存在もいたらしいが、今はそんな力のある者はいない。

　五百年前ならいざしらず、現代社会には、速く移動したければ馬車がある。誰かを傷つけたければ、銃や大砲がある。遠い場所から呪うくらいなら、厨房を買収して食事に少しずつ毒を混ぜればいい。時代にそぐわないものはすたれてゆく。

　人間が、竜と巨人からこの大陸を取り戻して五百年、平和な世が続けばそうなるのは自然の摂理だろう。

　そして現状、魔術はこの世の真理を学ぶ探求の道へと舵を切っている。アシュリーが将来の進路として見据えている神の灯火聖教会の神官も、その流れのうちのひとつだ。

「それは、ぜひご教授いただきたいな。僕も多少魔力はあるが、それほど扱いが得意ではないんだ」

　だがヴィクトルは軽やかにパンをちぎって口の中に入れる。

「えっ」

　ヴィクトルの発言に顔を上げると、ヴィクトルは変わらずニコニコと微笑みこちらを見つめている。

（魔術の扱いが得意ではない？）

　魔術師であれば、ある程度の力量を測ることができる。そしてアシュリーから見てヴィクトルには、【なにか】あるように見えた。得意ではないと言うことには違和感があったが、はっきりこうだと言い切れるほどの技量は、今のアシュリーには残念ながら備わってはいない。

　それから慌ただしく朝食を終えて、食堂を出る。ヴィクトルは食堂でも注目を浴びていたが、それは一緒にいるアシュリーも同じだ。

（なんだか食べた気がしなかったわ）

　そんなことを考えつつ、エマといったん寮に戻ろうとしたところで、ヴィクトルに呼び止められた。

「アシュリー、昨日の無礼を改めて詫びたい」

「それは……」

今更だが、隣に男子生徒が座っただけだ。アシュリーに前世の記憶がなかったら、あんな態度はとらなかったかもしれないが、仕方ない。

元はと言えばこの王子が元凶なのだから。

「悪いのは僕だ。ハーミア嬢にもその点は十分言い聞かせた」

「そうですか」

内心ホッとしたが礼を言うつもりはなかった。

アシュリーはプリーツスカートを指先でちょっとだけつまんで、小さく頭を下げる。

「じゃあまた教室で。アシュリー」

ヴィクトルはアシュリーを見て、少し名残惜しそうに名前を呼び、穏やかに微笑んで踵を返す。ロイもそのあとについて行った。

（これでもう、彼に付きまとわれない……？）

若干拍子抜けしたが、彼の深い深紅の瞳からはなにも読み取れない。

だがそれから間もなくして、アシュリーは優しげな顔に潜むヴィクトルの別の側面に触れることになる。

「私が脱がせますので、あなたは動かないでください」

「わかった」

神妙な面持ちでうなずくヴィクトルを正面から見つめながら、ボロボロになったシャツブラウスのボタンを、上からひとつずつ外していく。首元まできっちりとボタンを留めていたヴィクトルはどこから見ても優雅な王子様だったが、鍛え上げられた素肌がさらけ出されて、一瞬手が止まった。

くっきりとした鎖骨やのどぼとけ、たくましく盛り上がった胸筋など、やせっぽちな自分にはない男の体に、心臓がドキドキと強く鼓動を打ち始める。

異性と身を寄せて踊ったこともなく、勉強一筋で生きてきたアシュリーには、あまりにも刺激が強い光景だった。

（なぜ、なぜっ、こんなことに……！）

アシュリーはヴィクトルに気づかれないように小さくため息をつく。

「できないなら自分でやるが」

そんな戸惑いに気づいたのだろう。ヴィクトルがささやいた。

お互い椅子に座っているので、彼が話すと吐息が前髪のあたりに触れる。

（近すぎる……！）

ふたりきりの医務室の窓からは、夕日が差し込んでいるだけ。橙色の夕日が部屋の中を染め上げ、ふたりの影が床に重なって影絵のようだ。それがこの場に甘やかな空気をもたらしているような気がして、胸のざわつきがとまらない。

無駄にロマンティックな雰囲気は、王都で大流行している、身分違いの恋をモチーフにした恋愛小説の一場面のようだ。

（あれはあれで、面白かったけれど）

母に『アシュリーも読んでちょうだいっ！』と押しつけられ、不本意ながらも読んでみると意外にも面白く、全八巻を一週間で読破してしまった。

本の中には、任務で怪我をした騎士をヒロインである花売りの少女が看病する場面があり、ストーリー上でも最大のロマンティックなシーンなのである。

その場面を思い出させるくらい、今このふたりの空間は【なにか起こりそう】だった。

（——って、なにを考えているの私！）

こんな状況でバカみたいなことを妄想している自分に、腹が立つ。

「大丈夫です。動かれると傷口が広がるのでやめてください」

内心動揺しつつもきっぱりと言い切って、アシュリーは必死に指を動かしシャツブラウスの前を完全にはだけさせ、息をのんだ。

鎖骨の下あたりから臍の上まで、火傷で爛れてひどい有様だ。

（こんな怪我をさせてしまうなんて……）

アシュリーは震える唇をぎゅっとかみしめる。

そう——これはヴィクトルがアシュリーをかばった結果の怪我だった。

授業を終えたあと、アシュリーとエマは修練場に向かった。そこにはすでに生徒が十人ほどいて、剣を振るうヴィクトルとその相手をするロイの姿もある。

（今日もいる……）

上着を脱いだシャツとパンツスタイルだが、鍛え上げられたバランスのいい肉体を持っているのは遠目にもわかった。彼の周りには取り巻きの生徒たちもいて、いつものようにきゃあきゃあと盛り上がっている。

「ヴィクトル様の剣さばき、まるで舞っているみたいね！」

「本当、なんて美しいのかしら〜！」

彼女たちは、ヴィクトルに冷たい飲み物や汗を拭く布などを用意していて、誰がなにを渡すか、真剣に話し合っている。

(相変わらず、モテていらっしゃるのね)

アシュリーは冷めた目で、手合わせをしているヴィクトルを見つめた。

ヴィクトルは誰にでも平等に優しく穏やかに振舞い、親切だった。彼が不機嫌そうな様子は一度だって見たことがない。王子だからと特別扱いされることもなく、授業は真面目に受け、放課後もきちんと武具や馬の世話をしたりと、いたって普通の士官学校生活を送っている。

まさにヴィクトルは完璧王子様なのだ。

(死にたくないから、弱点でも見つけられたらと思っていたけど、本当になんにもないのよね……)

アシュリーはエマと一緒に魔導書を覗き込みながら、ヴィクトルの姿をちらちらと観察する。

あれからまともに話をしていない。初日だけはやむを得ず受け入れたが、食堂で一緒にテーブルにつくことは二度目からは辞退し、教室で机を並べることもお断りした。

『殿下と個人的にお近づきになるような行為は、ご遠慮させていただきたいと思っております。私は静かな学生生活を望んでいます』

『わかった』

アシュリーの返答にヴィクトルは少し悲しげに微笑んだだけで、それ以上しつこくはしてこなかった。間違ったことを言ったわけでもないのになぜか自分が悪い気がして、あれからずっと胸がもやもやしている。

（変なの……）

関わらなければ心が穏やかでいられると思ったのに、そうではないらしい。

いっそのことヴィクトルに『前世の記憶』について尋ねてみようかと考えたのだが、さすがに危険すぎると思い直した。

もし記憶がなかった場合、アシュリーの問いかけをきっかけにして取り戻す恐れがあるし、逆に記憶があった場合は、アシュリーの逃亡を恐れていきなり襲ってくるかもしれない。

なんにしろ、今回は殺されないかもなんて思わないほうがいい。

過去三度殺されているのだから四度目だって絶対にある。

そう思わないと自分の身は守れない。

「よーし、わかった。アシュリー、見ててっ！」

唐突に、エマが魔導書を片手に、キリッとした表情で手をかかげた。

深く自分の中に入り込んで考えごとをしていたアシュリーは、慌てて意識を現実まで引き上げる。

「あ、うん。気をつけてね、エマ」

今日、授業で魔術の制御を学んだのだが、エマは一番簡単な、魔術で燐寸に火をつけることすらできなかった。

コツを教えてほしいと言われて、こうして修練場にやってきたのだ。

「エマ、意識を集中させて……。足の裏から、大地と精霊に繋がっているイメージをきちんと思い描いてね」

アシュリーはそう言いながら、またふとヴィクトルに視線を向けていた。従者であるロイがそれなりに腕が立つのは当然として、ヴィクトルもまたかなり鍛錬を積んでいるように見える。

まるで踊るように軽やかな剣戟だ。

(この平和なご時世に、あそこまでやる必要なんてないのに)

剣で人が争う時代は終わっている。変なの、とアシュリーが首をひねった次の瞬間、目の端でエマが持っていた魔導書に、パチッと青白い火花が散ったのが見えた。

(今のは……)

なにかいやな予感がした。

「ちょっと、エマ……」

異変に気づいたアシュリーが、慌ててエマに一歩近づこうとした次の瞬間、

「あぶないっ、アシュリー!!!」

青年の叫び声の直後、瞼を焼くような閃光とともに、ドォン！　と耳をつんざく爆発音が鳴り響いた。破片がパラパラと飛んできて肌をかすめ、周囲がみるみるうちに煙で真っ白になりなにも見えなくなる。

「きゃあ!!!」

「うわぁ！」

修練場で悲鳴が響いた。

（な、なに……？）

そうっと目を開けたが、もうもうと白煙が上がり状況がよくわからない。爆発音のせいか、耳の奥がキーンと鳴って眩暈(めまい)がする。エマは無事だろうか。

「エマ、エマッ！　大丈夫っ……？」

自分がぼうっとしていなければ、もっと早く異変に気づけたはずなのに。

（どうしよう……！）

目を凝らし、両手で煙をかき分けながら足を一歩進めたところで、なにかにつまずいた。

「え……？」

足元を見おろして、アシュリーは息をのむ。

なんとそこに、床に跪いたヴィクトルがいたのだ。

「君が無事でよかった……」

彼は胸元を手のひらで押さえながら、ホッとしたようにこちらを見て微笑んでいる。床には血だまりができていた。

「そ、その怪我……！」

アシュリーは小さく悲鳴を上げる。

そして自分がエマの目の前にいたにもかかわらず、まったくの無傷である理由を知ったのだった。


突然の爆発騒ぎに修練場は大騒ぎになったが、ヴィクトルは慌てた様子もなく、いつものように落ち着いた様子で「大したことはないから、騒ぐな」と周囲をたしなめていた。

その後、エマとロイ、ヴィクトルとアシュリーの四人だけで医務室に向かう。

エマはずっと『殿下に怪我をさせるなんて、死んでお詫びっ……うっ……ううっ……』と号泣していたので、治療の邪魔になるとロイが医務室から連れ出した。

そんなこんなで、アシュリーはヴィクトルとふたりきりになっている。

普段なら医務室には白魔術を得意とする医師がいるはずなのだが、今日に限って午後から休みを取っていた。なんでも数日間、王都に出張らしい。

（ふたりきりなんて想定してなかったけど……これは私のせい。だから私の責任で必ず治さないと……）

ヴィクトルは何度も『平気』だと言っていたが、顔からは血の気が引いていた。

それもそうだ。首の下からみぞおちあたりが、焼け爛れている。大火傷だ。

なのに彼は痛そうなそぶりを見せない。

この平和な世で、痛みに慣れているはずもないのに、いったいどういう精神力をしているのだろう。

それが余計に恐怖を煽った。

（私にできる……？）

技術として学んではいたが、ここまでの怪我を治すのは初めてで、緊張してしまう。

気がつけば喉はカラカラで、膝がガクガクと震えていた。

そんな自分に気がついて、アシュリーは唇を引き結ぶ。

（大丈夫……きっと癒せる。私は自分が死にそうになった時のために必死に勉強したんだから。絶対に癒せる……！）

アシュリーは両手をそうっと顔の前で合わせて精神を集中させると、口の中で癒しのための詠唱を始めた。

アシュリーの合わせた手の間から、癒しの光が青白く輝く。ちなみに詠唱に決まった文言はない。あくまでも儀式なので、自分をその気にさせれば言葉はなんでもいいのだ。

アシュリーはその光を包み込み、ヴィクトルの傷に向かって両手のひらを向ける。

「癒されよ（ヒール）」

「っ……」

次の瞬間、ヴィクトルがかすかに眉をひそめた。膝の上で拳をぎゅうっと握りしめている。かなりの痛みをこらえているようだ。

（これほどの火傷を癒すんだもの。すっごく痛いわよね……）

怪我や病気を治す白魔術は万能ではない。元通りに治すには、怪我をするのと同じくらい、場合によってはそれ以上の痛みを伴う。だがそれも当然だろう。怪我を完治させる白魔術に『激しい苦痛』というデメリットがなければ、人の命の重さや価値は変わっているはずだ。

だからこそ白魔術は難しい。

五百年前に比べて医学も発達した。ある程度の傷なら、無理に白魔術で癒さなくても、薬と自然治癒の力で治せばいいのだ。こうやって少しずつ時代遅れになり、数百年後には魔術を使える者もいなくなるかもしれない。

だがそれが自然であるなら、仕方ないことだとアシュリーは思っている。

（私は自分が死にたくないから、いざという時の保険のために、学んでいるだけだけど）

そんなことを思いながら、

「もう少しです」

奥歯を強く噛むヴィクトルを励ますようにアシュリーはつぶやいた。

それからしばらくして、癒しの光が強くなり、爛れた皮膚が一度粟立ち血を噴いた後、新しい皮膚がうっすらとその上を覆ってゆく。

こうなればあとは早い。

みるみるうちにヴィクトルの火傷は消えていったのだった。

「――終わりました」

アシュリーは手を放し、傷を見つめた。

傷口を塞ぎ、新しく皮膚を再生し、痕も残さなかった。我ながらうまく治したと思う。

ヴィクトルの秀麗な額にうっすらと汗がにじんでいたが、彼は最後まで悲鳴どころかうめき声すら上げなかった。ものすごく我慢強い人なのだなと感心したところで、ヴィクトルはゆっくりと息を吐き、それからうつむいていた顔をゆるゆると上げる。

「並みの魔術師なら血を止めるのがせいぜいだったはずだ……。それでも十分なんだが。さすがだな。アシュリー、ありがとう」

そしてにこりと微笑む。

感謝を告げる彼の声はかすれていた。深紅の瞳が夕日を反射して煌めいて美しい。

まさか感謝の言葉をもらうとは思わなかったアシュリーは、啞然とし、とっさに叫んでいた。

「おっ……お礼を言われる筋合いなんてありません！」

叫んだ瞬間、耳に届いた自分の声がひどく強張っているのを感じた。

助けてもらったくせに冷たかったかもしれない。慌てて言い直す。

「私をかばったりするから……」

だが口から出た言葉はまた彼を非難していた。

焦るが、うまい言葉が出てこない。

（だって、だって……どうして殺す相手を守るの？）

彼のやったことは滅茶苦茶だ。

口ごもるアシュリーを見て、

「当然だろう。君に怪我がなくてよかった」

ヴィクトルはそう言ってフッと微笑む。本気でそう思っているのが彼の表情から伝わってくる。

それがわかるからこそ、また胸の表面がチリチリと焦げる気がした。

「当然って……」

医務室に来る途中、一瞬だけ考えたのだ。

もしかしたらこれはヴィクトルが、アシュリーを殺すために仕組んだことではないかと。

だが殺す気ならヴィクトルがアシュリーをかばう必要はない。あのまま見ていればよかったた。

（ということは、彼には前世の記憶がないってこと……？）

それはそれで、いつ思い出すかと思うと不安要素ではあるが、毎日殺してやると思われているよりはずっとマシな気がした。

だが同時に違った意味で怖くなる。エマは『殿下はお優しい方』と言っていた。実際そうだ。目の前に危険が迫っている人間がいたらとっさに身を挺するほど、ヴィクトルは優しい男なのだ。

いくらなんでも無謀すぎる。彼は次期国王という自覚を持つべきだ。男爵令嬢など助けるべきではなかった。

「あの状況で私をかばうのはいけません。直撃したとしても、死にはしませんでした」

「だが大怪我は免れなかった」

ヴィクトルはきっぱりと言い放つ。

「君が癒しの魔術に長けていたとしても、自分に使うのは難しいんじゃないか」

「……それは、そうですけど」

ずばり言い切られて、アシュリーは戸惑いつつも目を伏せる。

もちろん自分で自分を癒すことはできる。アシュリーはそのために学んでいる。

だが己自身が万全の状態でない場合、おそらく傷をふさぐのが精いっぱいだ。そこから傷痕を完全に消すのは技術的に本当に大変で――ヴィクトルがかばってくれなかったら、アシュリーの顔や体には火傷の痕が残ったに違いない。

と、いろいろ考えていたところで、我に返る。

今はそういう話をしているのではない。

「でも、やっぱり」

「僕は君が、僕の命より大事なんだ」

「――」

突然向けられた『僕の命より君が大事』という言葉に心臓が跳ねた。

殺す。守る。正反対なのに、それはあまりにも個人的な感情で。

夢で見た、アシュリーを三度殺した青年を彷彿(ほうふつ)とさせるような、強い意味が込められているような気がして怖くなった。

言葉を失うアシュリーに彼はなにげない調子で言葉を続ける。

「いや、今の言い方は曖昧すぎたな。もう誤魔化すのはやめる。僕は君が好きなんだ」

「はっ……!?」

　驚いて顔を上げたと同時に、恐ろしく真面目な顔をしたヴィクトルがアシュリーの両手を包み込んだ。

「アシュリー、好きだ」

「えっ⁉」

「入学式の日、君に一目で恋をした。ああ、そうだ。一目惚れだよ。君が欲しい」

　こちらを見つめるヴィクトルの目は熱っぽく、澄んでいた。

「な、なにを言って！」

「好きにならざるを得なかった。そこに理屈なんてない。そうだとしか思えなかった。僕の全身全霊が、君を求めている」

　ヴィクトルの深紅の瞳が爛々と輝き始める。その言葉や眼差しに嘘は感じられず、アシュリーは恐怖を覚えた。

　なんということだ。やはりヴィクトルには前世の記憶がない。過去三度、アシュリーをその手にかけたことを覚えていない。

　だから前世からの強烈な殺意を、好意とはき違えているのだ。勘違いしているから、好きだとか、一目惚れだとか、そんなことを口にしている。

「冗談はやめてくださいっ！」

　アシュリーが椅子から立ち上がり身を引こうとしたが、ヴィクトルの大きな手が先回りしてアシュリーを腕の中に抱き寄せてしまった。

「あっ……！」

癒したばかりのヴィクトルの肌が頬に触れる。

「アシュリー、頼むから逃げないでくれ。僕は本気で君が好きなんだ。どうしたら僕の想いを信じてくれる？」

甘い声でささやきながら、ヴィクトルの手がアシュリーの波打つ黒髪の間に滑り込み、もう一方の手が腰に添えられた。

「しっ、信じるとか信じないとか、そういうことではなくてっ……！」

離れなければ。この男から逃げなければ。また殺されてしまう。

今日ではなくても、そのうち殺されてしまう。

頭ではわかっているのに、まるで吸い寄せられたかのように、こちらを覗き込んでくる彼の深紅の瞳から目が逸らせない。

こんな美しい深紅をアシュリーは見たことがなかった。育ての母が大事にしている家宝のルビーよりも、透明で澄んでいて、世界にふたつとない輝きを放っている。

「アシュリー……君が欲しい。どうしようもなく、愛してるんだ……」

ヴィクトルは熱に浮かされたような声でささやくと、突然アシュリーの顎先をつまんで持ち上げ、覆いかぶさるように口づけてしまった。

「あ……んっ」

唇が触れた瞬間、アシュリーは頭のてっぺんに雷が落ちるような衝撃を受ける。

これまで異性と関わることもなくひたすら勉学の道に励んできたアシュリーは、キスなんてしたことがない。両親や兄に頬や額にキスをされたことはあっても、唇にされたのは初めてだ。

「いっ……」

大きく見開かれたアシュリーの目には、金色のまつ毛を伏せたヴィクトルの美しい顔だけが映っている。

唇が熱い。

彼から伝わる熱にこれは夢ではないと思い知らされる気がして、全身に火がつけられたかのように熱くなった。

「い、いやっ！」

アシュリーは小さく悲鳴を上げ、とっさに右手を振り上げて思いきりヴィクトルの頬を張り飛ばしていた。バチーンと軽快な音がして、ヴィクトルが切れ長の目を見開いてこちらを見おろしている。

やってしまった。次期国王を平手打ちしてしまった。

これはもしかして不敬罪になってしまうのだろうか。

頭の中で、優しい両親と兄が牢屋に入れられている場面が浮かぶ。

「あっ……あ、あのっ……」

暴言レベルの話ではない。大変なことをしてしまった。

全身から血の気が引いて眩暈がする。

一方ヴィクトルは赤くなった頬を白い手袋の指先でそっと撫でながら、深紅の瞳を軽く細め、その手を伸ばしてアシュリーの手首をつかみ引き寄せる。

「……前々からなんとなく感じていたんだが、君は僕が嫌いなのかな」

相変わらず優しげな物言いだったが、なぜか底冷えするような寒さを感じた。

「っ……」

息をのむアシュリーに向かって、彼は言葉を続ける。

「僕はずっと、君に対してきちんと礼を尽くしてきたつもりなんだが、君はどうしてそう冷たいんだ?」

そう言うヴィクトルはまた少し悲しげでもある。

「そ、それは……」

確かにヴィクトルはアシュリーに対して常に礼儀正しかった。なのにアシュリーは彼に無礼ばかり働いている。今日だって身を挺してかばってもらったのに、このていたらくだ。

「そのことについては謝罪します。でもこういうことは困るんです……！」

彼の目から目を逸らし首を振る。

「学生時代の遊びだと思っているのか？　違う、本気だ。二年後、士官学校を卒業したら立太子する。その前に君を正妻として迎えたい」

正妻と言われて、足元から力が抜けそうになった。要するに彼はアシュリーを王太子妃にすると言っているのだ。

「み、身分が釣り合いません！」

いくらガラティア家が古い家系とはいえ、父は王家の権力争いとはほぼ無縁の男爵で領主だ。王都にある家族で住んでいる屋敷だって慎ましい。よっぽど宮廷御用達の菓子店であるボリス家のほうが裕福だ。

だがヴィクトルはアシュリーの言葉を聞いて、小さく息を吐く。

「そんなことはない。ガラティア家は過去に三度、王家と縁づいている」

「は？」

「最初は建国歴八六年、王宮付きの女官だったオリビアが王の子を産んだことに始まる。その父である騎士は直接領地を与えられ、初代ガラティア領主となった。ガラティア男爵だ。そしてオリビアと王との間にできた子は娘だったが、帝国に嫁いでその血は今でも連綿と続いている。知っているだろう？」

「え、ええ、まぁ……はい」

まさかガラティア家の由来を語られるとは思わなかったが、男爵家の成り立ちは当然知っている。アシュリーは、小さくうなずいた。

帝国にはガラティアの縁者がいる。帝国出身の母はその縁で父と知り合い、結婚したのだ。

うなずいたアシュリーを見て、ヴィクトルは満足げに目を細め、言葉を続ける。

「それから次に建国歴一四七年、ガラティア家の男爵夫人が第一王女アンリの乳母に任ぜられ、近衛騎士になった男爵の息子が、女王となったアンリの愛人になった。ふたりは正式に結婚することはなかったが、アンリ女王は死ぬまで彼を愛し続けたという」

「へぇ、そんなことが……」

「そして今から百二十年前、三人姉妹の長女だったガラティア男爵令嬢が、王弟である大公に見初められ、妻に先立たれた彼の妻になった。年の差はあったが非常に仲睦まじい夫婦だったらしい」

ヴィクトルはつらつらと王家とガラティア家の繋がりを説明し、

「だから僕が君を妻に娶(めと)ってもおかしくない」

と、きっぱりと口にしたのである。

あまりにも堂々としていたので、一瞬、そうなのかな？　と思ったのだが――。

「いやいや、全然違いますっ！」

慌ててそれを否定していた。

ガラティア家は一応爵位を持った貴族なのだから、数百年の間に、王家と関係が生じることもあったかもしれない。

だが王太子妃となると意味合いが全然違う。王妃が産んだ子は当然王位継承権を持つし、王妃自身、有事の際には国王の代理としてさまざまな権限が与えられている。過去三度の、側妃（そくひ）だったり愛人だったり、後妻だったりするのとはわけが違うのだ。

（というか、ガラティア家の誰がいつ王家と縁があったって、細かく覚えてるってどういうこと？）

まるで最初から調べ上げていたかのような彼の発言に、アシュリーは軽く引いてしまったが、今はそれどころではない。

「男爵令嬢の私が王太子妃なんてありえませんっ」

キッパリと言い切り、さらに言葉を続けた。

「私、士官学校を卒業したら聖教会の神官になるんです！　結婚なんかしませんっ！」

そう、アシュリーはそのために士官学校に入学したのだ。

この目の前の男にうりふたつの――過去三度アシュリーをその手にかけた男との死の因縁から逃れるために。

だがアシュリーの『神官になる』という発言を聞いて、ヴィクトルの表情が一変した。

「──は？」

いきなり背後からハンマーで頭を殴られたような、そんな表情だ。

それは、これまではどこか不穏な空気をにじませながらも、感情を抑え決してポーカーフェイスを崩さなかったヴィクトルの、初めて見る顔だった。

「なぜ」

「なっ、なぜって、そんなの殿下には関係ないでしょう！」

彼には前世の記憶がない。だがアシュリーにはある。

三度あることは四度あるはずなのだから、こちらの手の内は見せたくない。

「そうか……関係ないか。君という人は……相変わらずだな」

ヴィクトルはなにかを諦めたようにふっと笑う。

「え……？」

相変わらず──というのはどういう意味だろう。なにかがひっかかる。

「あの……」

真意を問いかけようとアシュリーはおそるおそる口を開いたが、ヴィクトルははぁ、とため息をついた後、どこか覚悟を決めたような表情になった。肩越しに背後を振り返るやいなや指をパチンと鳴らす。

手袋をはめたままで指を鳴らせるはずがないのだが、なぜかアシュリーの耳には『音』

が聞こえた。次の瞬間、医務室のドアがガタガタと揺れたかと思ったら、カシャリと鍵がかかる。廊下にロイがいたのだろうか。

「鍵をかけたの!?」

「アシュリー、悪いが君を神官にするわけにはいかない」

明らかにヴィクトルの雰囲気が変わった。ヴィクトルはアシュリーをひょいと正面から抱き上げると、そのまま天幕の奥のベッドへと移動する。

「ちょっ、ちょっと待って、悪いがって、なに!?」

必死に手足をばたつかせたが、体格差がありすぎて、ヴィクトルの手から逃れることはできない。あっという間にアシュリーは小さなベッドの上に運ばれ、ヴィクトルがのしかかってきた。

「っ……」

慌てて体を起こそうとしたが、上から押さえつけられた体はピクリとも動かない。

「なっ、なにをするの……！」

もしかしてここで殺される？

恐怖でアシュリーの全身がガタガタと震え始める。

こうなったら魔術だ。魔術を使って逃げるしかない。攻撃はあまり得意ではないが、床を焦がしたり窓を割るくらいはできる。大きな音を立てるでもいい。医務室で異変が起きれば誰かが来てくれるはずだ。

だがそんなアシュリーの思惑に気づいたのか、ヴィクトルは片手でアシュリーの両手首をつかんでシーツにまとめて押しつけると、羽織っていたシャツを片手で手早く脱ぎ、アシュリーの両手を縛り、ベッドの手すりに巻きつけてしまった。

そしてアシュリーのブラウスを手にかけ、強引に前をくつろげる。ボタンがはじけ飛び、下着が晒される。

「っ!?」

一連の作業はあまりにも手慣れており、そしてアシュリーには生まれてこのかた予想もしない展開だった。衝撃的すぎて言葉すら出ない。頭は真っ白でもはや魔術どころではない。全身が硬直して動かない。

そんなアシュリーを見て、ヴィクトルは少し困ったように深紅の瞳を細める。

「君を神官なんてくだらないものにするわけにはいかない」

「は、はぁっ!?　だからってどうしてこんなこと……理由を言って！」

理由を問いかけるアシュリーに、ヴィクトルはゆっくりと首を振る。

「理由は言いたくない。ただそうさせるわけにはいかないんだ。だから今から君を脅す」

「はぁ!?」

滅茶苦茶すぎて、一国の王子とは思えない発言に目が点になった。

そもそも神の灯火教はヒアロー大陸でもっとも信仰されている古い宗教だ。当然レッドクレイヴも同じである。教会は王家と強く密接していて、彼に王冠を授けるための戴冠の儀式だって聖教会が行う。

王家の人間が、神に仕える神官がくだらないなんて、口に出していいことではない。

「意味がわからないわ……！」

「大声を出さないでくれ、アシュリー。僕はこの状況を見つかってもかまわないと思っているが、君やご家族は困るだろう？」

しぃっとたしなめるように、ヴィクトルはやんわりと目を細める。

「っ……」

人が来ればやめてくれるかもしれないなんて考えが甘かった。逆だ。王子は困らない、むしろ困るのは君だろうとささやいている。

確かに誰がこの品行方正な王子が、女生徒に不埒な真似をすると想像するだろう。逆に、女子に嫌われまくっているアシュリーが誘惑したと言われるのがおちだ。

そうなれば責任を取らされるのは父や兄だ。兄は近衛騎士を辞めさせられるかもしれないし、男爵領が没収ということになれば家族はどうなる。

「あ、あなた、普段の王子様はどこに行ったの!?」

するとヴィクトルはにっこりと笑い、それから黄金色の前髪を手のひらでかき上げた。

「僕は普段、巨大な猫をかぶっているんだ。本当の僕は性格も悪いし、根性もひねくれている」

「ね、ねこ……」

まさか自ら性格が悪い、根性がひねくれていると打ち明けてくるとは思わなかった。

茫然(ぼうぜん)としながらヴィクトルを見上げる。だがそんなことを口にしても相変わらず彼はキラキラしていて、王子様にしか見えないのが腹が立って仕方ない。

ひどい。ひどすぎる。

悔しさのあまり、アシュリーはギリギリと奥歯を噛みしめた。

「アシュリー、もう一度言う。僕は見つかったってかまわないんだ。正式な妻にするのは難しくなるが、君を孤立させる大義名分になる。君の居場所はどこにもなくなる」

「そんなっ……」

「そしてそんな形で君を手に入れたら、僕はもう自分を止められる自信がないな」

「ど……どういうこと……？」

ヴィクトルは、ふっと表情を和らげ、どこか皮肉っぽい笑みを浮かべた。

問いかけると同時に、絵に描いたような美しい王子の深紅の眼差しに、一瞬、はけで塗ったように影がよぎる。

「僕の領地に小さな家を建てて監禁する。周囲に高い高い壁を作って、君をそこに縛りつける。そしてこの細い首に金の鎖をつけるだろう。不自由な生活をさせるつもりはないが、会える人間は僕だけだ。家族にも会わせないし、誰とも会話させたりしない」

「――」

彼の言葉はあまりにも現実離れしていて、監禁すると言われていることに気づくのに、数秒かかった。

「だがそうすれば君はきっと、僕を嫌いになってしまうだろうから、監禁は最終手段だと思っている。本当は誰が許さなくてもそうしたいんだが」

ヴィクトルは意味深に、深紅の瞳を三日月のように細めた。

(嫌いになる、ですって……？)

こんなことをする時点で好かれるはずがないのに、アシュリーに嫌われたくないから監禁しないというヴィクトルの考えがよくわからない。

これは監禁よりはマシだから受け入れろとでもいうのだろうか。

(そんな自分勝手な……！)

怒りでわなわなと細かく震えるアシュリーだが、ヴィクトルはそれ以上なにも言わなかった。そしてゆっくりと、アシュリーの白い胸を覆う下着に指をひっかけ、上にずらす。白い乳房があらわになって、アシュリーはヒッと息をのんだ。

「やっ……」

思わず目を逸らしたが、

「あぁ……想像していた以上に、かわいい」

ヴィクトルはふっと微笑んで、そのまま胸に顔を寄せ、なんと胸の先端を口に含んでしまった。乳首を這う舌の感覚に全身が震える。

想像していたと言われて、背筋がゾッとした。

この美しい男は誰からも好かれる完璧王子の顔の裏で、アシュリーの裸を妄想していたということになる。

「あっ……！　や、いやっ、そんなことしないで、やめてっ……！」

驚き身じろぎしたが、次の瞬間、全身を甘い痛みに似た陶酔が包み込んで、アシュリーは体を震わせた。

「やめるはずないだろ、アシュリー。僕はずっとこうしたいと思っていたんだ」

ヴィクトルは甘い声で名前を呼びながら、アシュリーの胸の先を舌で包み込み、ぴちゃぴちゃと音を立てながら唇で食む。

「んっ、あっ、やぁっ……」

じゅるじゅると聞こえるのは唾液だろうか。あんな美しい男がなぜアシュリーの胸を熱心に吸っているのか、意味がわからない。

「ま、まって、やぁっ……」

胸の先を舌で押しつぶされて、それから転がされる。両手は縛られ動かない。いやいやと首を振ることしかできないアシュリーに、ヴィクトルはなだめるようにささやいた。

「僕に舐められてすっかり尖ってしまったな。素直な体だ」

そして両手の指を使って、くりくりと乳首をこね始める。

「あんっ……」

弄ばれた刺激に、足がビクッと震えて跳ね上がった。と同時に、腹の奥がきゅうっと締まってなにかが溢れてくる感覚がある。

（な、なに……？　私の体、どうなっているの？）

世間知らずの自覚があるアシュリーだが、その一方で性的な知識はある。

肉体と精神の構造を学ぶのは、魔術を学ぶうえでかなり大事な要素だ。

人間は性的な快感に浸った時、人を離れ自然に近づくのは学術的に立証されている。

とはいえ、平和になった現代の魔術薬学では、その手の知識はスムーズに性交を行うための媚薬作成だったり、初めて夫を受け入れる貴族のご婦人のために活用されている程度のものなのだが。

「わっ、私になにをしたのっ……！」

震えながら尋ねると、

「もしかして、催淫の魔術でも使ったとでも思ってる？」

ヴィクトルはクスッと笑って、アシュリーのスカートの中に手を入れ太ももをそうっと撫でた。

「僕がなにかをしたわけじゃない。君の体がとても敏感で……感じやすいからこうなっているだけだ」

ヴィクトルの指が下着まで難なくたどり着き、爪を立てるようにしてこすり始める。

「あっ……！」

ヴィクトルは手袋をはめているし、下着だってつけている。二枚の布越しだ。だがアシュリーの体はその些細な刺激を受けて、ビクビクと震えてしまう。

「君は僕を拒めない」

「うそっ、あ、やだっ、あっ、あんっ……！」

生まれて初めての感覚に頭の中が真っ白になった。

なにも考えられないのに、自分の口から聞いたことがないような声が出るのも恥ずかしくてたまらない。

怖い。自分で自分が抑えられない。

「や、やめて……っ」

いやいやと首を振るが、当然ヴィクトルはやめてくれる気配がない。それどころかうっとりと目を細めて、アシュリーを見つめた。

「やめて？　それは嘘だな。ここをこんなに溢れさせておいて、やめてほしいわけがない」

ヴィクトルは薄く微笑んで、下着を押し上げるほどぷっくりと膨れ上がった花芽を指先でつまみ、軽くゆさぶった。

「ひゃんっ……！」

それは花弁を撫でられている時とは違う、強烈な快感だった。自分の口から出た悲鳴がまた恥ずかしく、アシュリーはぎゅっと唇を噛みしめる。

「あぁ……かわいいな。本当に、かわいい。食べてしまいたくなる。君を口の中にずっとおさめて、舌で味わっていたい」

ヴィクトルはどこか感極まったようにため息交じりにそうつぶやくと、そのまま指を、横から下着の中にねじ込んで、すっかりとろとろになった秘部をかき分けた。

「あぁ……っ……」

彼の指は襞の間を滑るように移動し、蜜口から溢れ出る蜜を指先ですくい、また丹念に花弁をなぞってを繰り返す。そしてもう一方の指でアシュリーの薄い胸の先をつまみ、丹念に舌で舐めあげていた。

「う、うそ、あっ、あっ、ああ……っ……」

ちゅうちゅうと吸われる音。あの麗しい唇で、王子が自分の胸の先をくわえていると思うと、わけのわからない感情が込み上げてきて、心がぐちゃぐちゃになる。

恥ずかしい。

耐えられない。

胸をさらけ出され、下着の中に指を入れられて、快感にあえいでいる自分を直視できない。

だが同時に――彼の指が、布越しでふれたもっとも敏感なあそこを避けているのに気がついて、もどかしい気分になってしまう。

「あっ、あ……」

甘い悲鳴が止まらない。

こんな声が自分の口から出るなんて。

経験がない自分でもわかる。これは男を誘惑する声だ。この男に身をゆだねるなんてありえないと思っているのに、どこかでこの状況を受けて入れている自分がいる。

前世を思い出して十年、生き延びたいと思っていただけなのに、どうしてこうなってしまったのかわからない。自分はいったいどうなりたいのだ。そしてこの男はなにを望んでいるのだろう。

体を篭絡(ろうらく)して、油断したところで殺そうという算段なのだろうか。

だがそれはあまりにも手間がかかりすぎて、目的から遠すぎる。

（なぜ……なぜ、こんなことをするの……？）

一目惚れをしたと言われても、受け入れられない。

だからなに？

どうせ殺すくせに。

わからない。理解できない。

でも今は、このくすぶりをどうにか終わらせたくてたまらなかった。

ヴィクトルはそう言って金色のまつ毛をゆっくりと瞬かせると、ゆっくりと身を乗り出しながらアシュリーに顔を寄せた。

「腰が揺れてる」

「そろそろイキそうだな、アシュリー」

ヴィクトルの声は挑発的で、けれど甘くかすれていた。

「魔術を学んだ君ならわかるだろう。性的な儀式から忘我（ぼうが）に至り、さらに強い魔術への扉を開かんとする宗派というのは、過去にも現在にも世界中存在する」

ヴィクトルの手袋をはめた指が、花芽にたどり着く。

「とはいえ、僕はそんなことでさらに高みにたどり着けるというのは、眉唾（まゆつば）だと思っている。気持ちいいことをして能力を得ようなんて虫のいい話があるものか。大きな願いには大きな代償が伴う。アシュリー、君は知っているはずだ」

ヴィクトルはクスッと笑って、アシュリーの花芽をつまんで左右に揺さぶり始めた。

なにか大事なことを言われた気がするが、すぐに流されてしまう。

「ん、あっ、あぁ……っ！」

「だからこれは、僕が君に気持ちよくなってもらいたくて、やっていることなんだ。大好きな君に、気持ちよくなってもらいたい……そう思っている僕を、感じてほしい」

「い、あっ……」

ぎゅっと閉じた瞼の裏がオレンジ色に発光している。

それが夕日を感じての色なのかヴィクトルの言う『イク』ということなのか、アシュリーには判断がつかない。

だが彼はアシュリーに気持ちよくなってもらいたいと言いながら、焦らしている。

「あ、あああっ、やっ……ヴィクトルッ……！」

淫らにあえぐアシュリーを見ながら、ヴィクトルは切れ長の深紅の瞳をやんわりと細める。そして耳元に唇を寄せ、一段と低い声でささやいた。

「アシュリー、神官になるなんて言ってはダメだよ。ご両親もきっと悲しむし……僕だって、許さない」

「っ……」

アシュリーは瞼を持ち上げ、ヴィクトルを見上げた。

興奮と羞恥で涙目になってしまったせいか、ヴィクトルの顔がぼんやりとにじんでよく見えない。

「僕は君を本当にどこかに閉じ込めてしまうかも」

「やっ……んっ……」

ぶるぶると首を振る。

「アシュリー、約束してくれ。神官になるのは考え直すって」

ヴィクトルの指がアシュリーをどんどんと追いつめていく。

だがその一歩が近づいた瞬間、彼の指は力を抜いて、アシュリーを快楽の中においてけぼりにしてしまう。

ただ彼の指が気持ちよくて、この先にあるなにかに早くたどり着きたくて、気がつけば自ら求めるかのように腰を、彼の指に押しつけていた。

「あっ、うっ……するっ……イ、イキ、たいっ……お願い、イカせてっ……やくそくっ、するからぁ……！」

このままずっといつまでも焦らされるなんて辛すぎる。耐えられない。終わりがあるならさっさと終わらせてほしかった。

「うん……いい子だ」

それを聞いたヴィクトルは満足そうに小さくうなずくと、そのまま指にほんの少し力を込める。

「ンッ……！」

彼の指先がアシュリーの花芽をつまみ、揺さぶり、こすり上げる。

ザラザラした手袋の感触が、ほんの少しの痛みとそれ以上の快楽を連れてくる。

それまでのやんわりとした愛撫とは違う、確実にアシュリーを高みへと押し上げる指に、
アシュリーの足がガクガクと震え太ももが揺れた。

「あ、あっ、やだ、へんっ……」

シーツの上を踵が滑る。

もっと気持ちよくなれるとわかっていたのに、それが近くなると怖くなった。

指で胸の先と秘部を丹念に優しく労わるように苛めながら、ヴィクトルはアシュリーの
「アシュリー……」

赤い唇に、なだめるようにそうっと口づける。

口の中にヴィクトルの舌が滑り込み、口内を這いまわった。

「んッ、は、ふぅっ……」

陸に打ち上げられた魚のように全身がビクビクと跳ねる。制服のプリーツスカートは
すっかりめくれあがり、アシュリーの白い太ももや脛が、ゆらゆらと宙を蹴った。

口の中を我が物顔で暴れまわるヴィクトルの舌がアシュリーの小さな舌を吸い、唾液を

流し込みながら口蓋を舐めあげる。彼の舌は大きく熱く、そんなものを口の中に入れられて苦しくてたまらないのに、もっとしてほしくて、必死に彼に応えようと舌を動かしていた。

唇の端からどちらのものかわからない唾液がこぼれる。

「アシュリー……僕の指で、達してくれ」

アシュリーが息も絶え絶えになったところで、ころ合いを見た彼の指が蜜口に浅く挿入する。

「ンッ……！」

アシュリーの花芽をぎゅっとつまみ上げながら、入り口の浅いところをぐるりとこする。その瞬間、全身に雷でも落ちたかのような衝撃が走り、ぎゅうっと目を閉じると目の縁から涙が溢れた。

「ん、あっ、やっ、ンンッ……！」

甘い悲鳴はヴィクトルの先回りをしたキスでとりあえず封じ込められたが、腹の奥がぎゅうっと締めつけられて、とろとろと蜜を溢れさせたのが自分でもわかる。

「ん、ひ、あっ……あ……っ……」

小鳥が鳴くような悲鳴が、アシュリーの唇から漏れた。

快感の余韻が波のように押し寄せて、それからゆっくりと時間をかけて引いていく。

（だめ……意識が……）

まったくの未経験だったアシュリーは、長いキスで酸欠状態になってしまったのかもしれないし、とにかく初めての行為で限界を迎えてしまったようだ。

はくはくと唇を震わせながらヴィクトルを見上げると、彼はゆっくりとアシュリーの秘部から指を引き抜き、濡れた手袋を自身の唇の上にのせてささやいた。

「いやらしくていい匂いがする。これが君なんだな」

そして彼はやんわりと微笑むと、アシュリーの額に口づけを落とした。

「僕のアシュリー……。僕の『白薔薇』」

『僕の白薔薇』

彼が優しい声でそう口にした瞬間、胸の奥がぎゅうっと締めつけられる。

それは今までアシュリーが漠然と感じていた『不安』や『焦燥』ではなかった。

なぜだかひどく、懐かしい気がしたのだった——。

＊＊＊

『私』がその人に会ったのは、夏の終わり。近くの湖に生える薬草を取りに行った帰り道。

教会に続く森の小道だった。

『彼』は切株に腰を下ろしていて、うずくまるように頭を抱えていた。

このあたりに人がいるのは珍しい。もしかして道に迷ったのだろうか。それとも具合が悪くて座り込んでいるのだろうか。あと数刻でこのあたりは、鼻をつままれてもわからないくらい漆黒の闇に包まれてしまう。

「ねぇ、どうしたの？　どこか怪我をしているの？」

思わず声をかけると、目の前の青年はハッとしたように顔を上げて私を見て、それからひどく怪訝そうな顔をした。

金色のまつ毛の先に夕日がかかり、彼が瞬きするとキラキラした光がこぼれる。傷ひとつない滑らかな白い頬にまつ毛の影が落ちて、いきなり見せつけられた凄絶な美しさに眩暈がした。

（なんてきれい……）

なんだかとっても尊いものを見た気がして、もしかしてこれが神官様がおっしゃる、世界をお造りになった神様だろうかと考えてしまったくらいに、その人はきれいだった。

彼から目が離せない。

どう反応していいかわからず、立ち尽くす私に向かって、彼は何度か瞬きをしたあと、ゆっくりと口を開いた。

「僕が、怪我……？」

その人は白い騎士服を身にまとっていて、金色の髪に深紅の瞳を持っていた。

その燃えるような瞳に、私は今、この山に落ちる大きな夕日を思い出していた。

一日が終わることの寂しさと、知るはずもない故郷の哀愁。

こんな感覚になったのは初めてで、自分でも戸惑ってしまう。

(いきなり声をかけて、悪かったかしら?)

だが青年があまりにも辛そうに見えて、そうせずにはいられなかったのだ。

「その、具合が悪そうだったから……」

青年との間に微妙な間ができる。拒絶されているような空気を感じる。

もしかしたら誰にも話しかけられたくなかったのかもしれない。

このまま立ち去ったほうがいいのだろうかと悩んだところで、

「——別になんともない」

騎士様はハッキリと言い切った後、私を頭のてっぺんからつま先まで見おろした。

麻のシャツにエプロンとスカート、粗末な靴。毎日きちんと洗濯はしているが、こんな煌びやかな騎士様から見たら、どこかおかしいのかもしれない。

そんなことを考えていると、彼が軽く目を細める。

「お前、この先の教会の人間か?」

「あ、ええ……そうよ。教会に用事があるの?」

こくこくとうなずくと、彼はさらに渋い顔になった。

「僕の新しい勤務先なんだ」

「まぁ、そうなの。新しい人が来るなんて初めてだわ」

私が物心ついた時から暮らしている教会は、なぜこんなところに？　と不思議に思うくらい辺鄙(へんぴ)なところにある。そこには私と、教会に雇われている老夫婦の三人しか住んでいない。

「ふん……だろうな。こんな田舎の山奥だ。近くの村まで馬でも小一時間かかる」

彼は呆れたように肩をすくめ、背後を振り返った。

視線の先には、彼が乗って来たらしい、美しい黒い馬が繋がれていた。馬は優雅に柔らかい草を食んでいる。どこか彼の顔が疲れている気がして、思わず申し出ていた。

「よかったら案内しましょうか。もうすぐ日も暮れるし、一緒に行ったほうがいいと思うわ」

「――お前が？」

彼は私の顔をちらりと見た後、仕方ないと言わんばかりに立ち上がり、馬の手綱(たづな)を取った。

「乗れ」

「え？」

「一緒に行くんだろう？」

そして彼はいきなり私の腰をつかむと、ひょいと持ち上げて簡素な鞍の上に乗せてしまった。

「ひゃっ……！」

「騒ぐな。馬が驚く」

「あっ、ごめんなさいっ……」

慌ててぎゅうっと唇を引き結ぶと、騎士様は小さくうなずいた。

「よし、行くぞ」

そして鐙に足を乗せてひらりと馬に乗り、硬直している私を背後から支えつつ手綱を軽く引いた。すぐに馬が歩き始めて体がグラグラと揺れる。思わず体を硬直させたけれど、すぐに馬から見える景色に夢中になってしまった。

（わぁ……わぁ……！）

馬に乗ったのは初めてだった。視界が高くなるだけで、まるで世界が一変したような気がする。

（もしかして森の外が見えるのかしら？）

思わず身を乗り出したところで、騎士様が前のめりになる私の体を抱き寄せる。

「こら、はしゃぐな。落ちる」

「は、はい……」

彼の腕にしがみついて上半身をまっすぐに伸ばす。

西日が徐々に森を濃紺に染めていく、その一瞬。

美しさと寂しさが混じったその景色を私はいつもひとりで見ているのに、今日は違う。

なんだか特別な時間を過ごしているような気がして、嬉しかった。

馬が教会についたところで、教会のそばにある小さな小屋からばあやとじいやが飛び出してきた。

「いったいどうしたんですか！」

「その人はどこのどなたで？」

馬の上の私と彼を見て、彼らは目が飛び出そうなくらい驚いている。

それもそうだ。ここは人との交わりが少ない場所だから。私も村人以外の人間を見たのは久しぶりだった。

「僕は帝都の『神の灯火聖教会』総本山から派遣された聖騎士だ。この教会を担当している神官はどこだ？　話がしたい」

青年はひらりと馬から飛び降りると、ふたりの顔を見おろす。

「しっ、神官様はここにはおられませんっ……」

騎士様の圧に怯えたじいやが震えながら答える。

「は？」

それを聞いた騎士様は信じられないと言わんばかりに目を見開いた。

「それはどういう意味だ。ここには教会があるだろう。担当の神官には常駐する義務があるはずだ」

騎士様の眉がきりりと吊り上がり、頬のあたりがぴくぴくと震えている。

美しい人が怒ると、ものすごい迫力だ。本当に怖い。見ているだけの私でもおっかないくらいだから、長身の彼に見おろされているじいやとばあやは震え上がっていた。

「おっ、お許しください、騎士様っ！　ですが私たちはなにも聞かされておらんのです！」

「チッ……！」

怯えたじいやとばあやの様子を見て、騎士様は舌打ちをしつつも怒りを抑え込むように体の前で腕を組んだ。だがそれは私たちに怒っているというよりも、この場にいない神官様に怒りを感じているように思える。

「生臭クソ坊主が……」

騎士様の形のいい唇からこぼれた言葉があまりにも不敬で、ビックリしてしまった。

いくらこの場にいないとはいえ、神の灯火聖教会の神官様に対して、あんな言葉を口にするなんて、恐ろしくないんだろうか。鞭（むち）で打たれたりしないのだろうかとハラハラしてしまう。

「神官が次に顔を出すのはいつだ？」

「そうですね……秋が深まるころには必ず」

「あ、秋が深まるころ……？」

じいやの言葉を聞いて、騎士様はがっくりと肩を落とした。

それもそのはず、今は夏が終わったばかり。秋に顔を出したとしても、それを終えたら長い冬が来て、次は春になるまで姿を現さない。

（神官様は年に一、二度、顔を出せばいいほうだもの）

私がうんと小さいころはお年寄りの神官様がいて、一緒に暮らしながら私に文字や森の中で生きていくための手段を教えてくれた。食べられる木の実やジャムを作るための果実、村に持って行けば、それなりのいい値段で買ってもらえる薬草の育て方を教えてくれたのは、最初の神官様だ。

だけど五年ほど前に病気で亡くなってからは、新しい神官様はたまに顔を出すだけ。

本当は話をしてみたいのに、いつもイライラしたお顔で私を見て『祈りの言葉を忘れるなよ』とだけ言ってさっと帰ってしまう。

ここにいたくない気持ちもわかるから、私はなにも言えないのだけれど。

時々、寂しいと思う。でもなにも言えない。私はわがままを言える立場にはないから。

「想像していた以上に、杜撰だな……」

騎士様はそう言って深いため息をつくと、気を取り直したように腰に手をあてて周囲を見回す。

「――では、どこにいる」

「え？」

「『神々の薪』だ。僕は彼女の護衛騎士として、ここに派遣されたんだ。とりあえず神官がいないのはあとにして挨拶をしておきたい」

『神々の薪』

その言葉を聞いた瞬間、私は一瞬で夢から覚めたような、そんな気がした。他人事のように彼を馬上から見おろしていた自分が、急に現実に引き戻された。

（そうか、この人が……そうだったんだ）

心臓がドキドキと鼓動を打つ。

いつかその日が来ることは知っていた。

わかっていたはずだけど、見おろすとかすかに籠を抱える手が震えていた。

ようやくその時が来たのだと、ホッとしたような、不安をさらに薄く重ねたような、複雑な気持ちが胸の中で交錯する。

（しっかりしなくちゃ。私よりこの人のほうがずっと大変だもの）

苦虫を嚙みつぶしたように言い放つ彼の背中を馬の上から見おろし、私はおずおずと手を挙げる。

「はい」

「――ん？」

騎士様が眉間に深い皺を刻んだまま振り返る。そしてぴょこ、と手を挙げている私を見てさらに不機嫌そうになった。

「今はお前の話を聞いている暇はない。お前たちが世話をしている『神々の薪』の話をしているんだ」

「だから、私です」

「――」

私の返事を聞いて、彼の深紅の瞳が大きく見開かれる。形のいい唇が何度か開き、また閉じるのを私は馬上からじっと見つめていた。

(森の小道で傷ついたような顔をしていたのも、当然だわ)

本当は誰の心も傷つけたりしたくないのに、自分が使命を全うするには彼の力が必要なのだ。

だから覚えておこう。

よく覚えておこう。

この人が私の命を終わらせる人。

いやな役目を押しつけられたかわいそうな人。

私は馬からよいしょ、と降りて、硬直したままの騎士様を見上げ、

「私が『神々の薪』です。どうぞよろしくお願いします」

それからゆっくりと頭を下げたのだった。

＊＊＊

「ん……」

アシュリーが目を覚ますと、寮の自分のベッドの中だった。

なにか、夢を見た気がする。だがなにも覚えていない。瞼を持ち上げた瞬間にすべてを忘れてしまっていた。

(頭が痛い……)

こめかみのあたりがズキズキと痛む。

見慣れた天井をぼんやりと眺めていると、ドアが軽くノックされて「入りまーす……」という遠慮がちな声と共にエマが顔を覗かせた。水を張った盥(たらい)を手にしている。

「あっ、アシュリー、目が覚めたんだぁ～！」

　エマはホッとしたように部屋の中に入ってきて、盥を枕元の丸テーブルに乗せベッドに駆け寄ってきた。

「殿下が数時間で目を覚ますだろうって言ってたから、ちょこちょこ様子を見に来てたの」

「えっと……私、どうしてここに？」

　もしかして医務室で経験したことがすべて夢だったのではないかと期待したのだが、エマは勉強机の椅子を移動させて枕元に腰を下ろし、瞳をうるませた。

「殿下の傷を癒してそのまま倒れたんだって。覚えてない？」

「それは……」

　脳内で激しく乱れた自分の痴態が浮かぶ。

　いろいろされてしまったが、最後まで彼に体を暴かれたわけではなかった。

　結局、ヴィクトルはなにがしたかったのだろう。

　本当に気持ちよくなってほしかっただけ？　まさかそんなはずがない。だがなにも知らなかったはずの体が彼の指や口づけを覚えている気がして、恥ずかしくて死にたくなってくる。

　そうやって考え込んでいるアシュリーに向かって、エマが少し照れたように口を開く。

「殿下がアシュリーをこう……抱っこして、ここまで運んできてくれたんだよ」

そして横抱きにしたポーズをとる。

「えっ！」

「もちろん女子寮は男子禁制だけど、緊急事態だからってことでね。アシュリーを運ぶヴィクトル様、ほんとーにかっこよくて、女子たちもきゃあきゃあ言ってたよ」

具体的にこうだとは言い切れない、なんだか不穏な空気にイヤな予感がした。上半身を起こすと緩いワンピースのような寝巻を着ている。

「あの……この着替えは、誰が？　エマ？」

おそるおそる尋ねるとエマが軽く首をかしげる。

「ここに運ばれた時点で寝巻に着替えてたから、医務室の先生じゃないかな？」

「――」

医務室に先生はいなかった。となると着替えさせたのはヴィクトルということになる。

言葉を失うアシュリーに、エマは机の上を指さした。

「制服はロイが持ってきてくれてたよ」

「そ、そう……」

ふと勉強机の上を見ると、士官学校の制服がきちんと畳んで置かれていた。ブラウスのボタンはヴィクトルが引きちぎったはずだが、きれいに畳まれている。

新しいシャツを用意したのはロイだろうか。あの従者はヴィクトルの昔からの腹心らしく、それこそ彼のためになんでもするという雰囲気があった。

（どうしよう……されたこと、全部夢だったってことにならないかな……）

王太子妃にと望まれたこと、神官になると言ったとたん、淫らなことをされてしまったこと。彼の完璧王子様は、巨大な猫かぶりだったこと。

全部、夢だったと誰かに言ってほしい。

（神官になるなんて許さないって、それほどのことだとは思えないんだけど……）

ヴィクトルの気持ちがわからない。神官はあくまでもただの進路のひとつでしかないのに、なぜ彼はあんなに激高したのだろう。

（理由は言いたくないと言っていたけれど、聖教会になにか思うところがあるのかしら？）

アシュリーが唇を噛んでいると、エマが真面目な顔で硬直しているアシュリーの手を両手で包み込む。

「殿下に大けがをさせるなんて……アシュリーがいなかったら、あたし——っていうかボリス家はかなり厳しい処分を受けてたと思う。父や兄は蟄居、あたしは当然、退学を命じられてたんじゃないかな。殿下は誰にも言う必要はないっておっしゃってたけど、このことは父にちゃんと話すつもり」

「エマ……」

確かにあの場は騒然としていたし、状況を完璧に把握していたのはヴィクトルだけだ。

エマが責任を取らされて士官学校を追われるのは、アシュリーにとっても不本意なので、そこはヴィクトルにわずかばかりだが感謝だ。

だがさらにエマはキリッと表情を引き締めて言葉を続けた。

「ねぇ、アシュリー。あたし応援するからっ」

「えっ？」

いきなりの『応援』に目が点になる。

「あたしね、今回のことで殿下が不埒な気持ちでアシュリーを思ってるんじゃないんだって、本気なんだってわかったからっ。だから応援するっ！」

そしてエマは恥ずかしくなったのか頬を赤く染め、そのままパッと立ち上がると踵を返し、勢いよく部屋を飛び出してしまった。

「え、あ、エマッ……！」

慌てて彼女を追いかけようとしたが、眩暈がして、アシュリーはベッドにそのまま崩れ落ちるように横になる。

（応援するって……どういうこと？　不埒な気持ちじゃないって、なに!?）

もしかしたらヴィクトルがエマになにか言ったのだろうか。

確かにヴィクトルは、アシュリーにも『本気だ』と繰り返していた。だから王太子になる前に正妻として迎えたいと。

その言葉をエマにも仄めかしていたとしたら——？

「ありうる……」

疑いの目を向けていたアシュリーですら、何度かほだされそうになってしまったのだ。ピュアで人を疑うことを知らなそうなエマなら、コロッと信じてしまうだろう。

あの完璧王子様はいい人ぶっているだけで、本当はアシュリーの家族を出しにして脅迫するような男だと言っても、笑われるだけだ。

「最悪っ」

アシュリーはうめき声を上げながら、シーツに顔をうずめたのだった。

「殿下、アシュリー嬢が目を覚ましたようです」

「そうか」

寮の部屋で、ヴィクトルは忠実な従者であるロイの言葉に小さくうなずき、質素なテーブルの上に置かれた紅茶のカップを優雅な手つきで口元に運ぶ。

帝国で過ごして十年、すべてが傲慢で肌に合わないと感じていた帝国文化の中で、唯一よかったのは、この紅茶だ。王国ではここまでおいしい茶葉は作れない。

「念のためエマ嬢にも様子を見るように伝えています。なにかあれば、俺に連絡があるでしょう」

アシュリーが学校内で心を許しているのは、軍務卿の娘であるエマだけだ。彼女をこちら側に引き入れておくのは、外堀を埋めるうえで絶対に必要なことだった。

「ああ」

つい先ほど、気を失ったアシュリーを部屋まで運んだ時に、ヴィクトルは情感たっぷりにエマに訴えた。

『立太子する前に妻になってほしいとアシュリーに気持ちを伝えた。だが僕がいくら本気だと伝えても、身分が違いすぎると受け入れてくれないんだ。でも彼女は気を失うまで僕の傷を癒してくれた。僕は嫌いな男にここまでしないいんじゃないかって、考えてしまうんだ。彼女に恋をしている僕だから、こんなことを考えるんだろうか。エマ、こんなことを考える僕は図々しいと思うか？』

そしてはにかむように目を伏せてみせる。

こうすれば自分の顔が、最高に憂いのある表情になることをヴィクトルは理解していた。

案の定エマはハッとしたように目を見開き、恐ろしく真剣な表情になる。

『殿下……いいえ、いいえっ。アシュリーはとっても気遣いのできる女の子なんですっ。普通の貴族の子女ならお受けして当然のお申し出なのに、拒んでいるのはまさにその『身分』ゆえだと思いますっ！』

人のいいエマはヴィクトルが望んだとおりの言葉を口にして、ぎゅっと唇を引き結んだ。

『今はその気にはなれないかと思いますが、あたしが彼女のそばにいて応援してあげれば、気持ちが変わるかもしれません。あたし、おふたりを応援しますっ！』

『ありがとう、エマ。僕も強い味方ができたと思えて、嬉しいよ』

ヴィクトルはそう言ってホッとしたように微笑み、そしてアシュリーの部屋を出たのである。

今回の件で、ヴィクトルはボリス家に大きな貸しを作った。怪我のことは父親にも話すなと念押ししたが、エマの性格上黙っているはずがないし、実直な父親は娘の不手際を我がことのように受け止め、今後ヴィクトルの強い味方になってくれるだろう。

(これで軍務卿の一派は抑えられたな。次は内務卿だが……さて、どうするか)

こちらはハーミアのこともあり少し取り扱いが難しい。きちんと計画を練る必要がある。

ヴィクトルは緩やかに微笑んで、入り口に立っているロイに告げた。

「ロイ、もう休んでいい」

ロイは主人の言葉に美しく一礼して部屋を出ていった。

彼の足音が部屋から完全に離れたのを確認して、ヴィクトルはベッドに移動し、縁に腰を下ろした。そしてそのままうつ伏せになり、枕の下に押し込んでいた白いブラウスを引っ張り出して顔をうずめる。

　ボタンがいくつかちぎれているが、それはアシュリーのブラウスだった。

「アシュリー……」

　名前を呼ぶだけで愛おしいと思う気持ちが募る。

　ブラウスにはアシュリーの甘い汗の香りがかすかに残っていて、ヴィクトルの劣情を激しく煽った。他人の汗など死んでも触れたくないが、アシュリーなら話は別だ。彼女のモノなら喜んで舐めるし口の中に入れたい。

「あのまま犯さなかった自分を、褒めてやりたいな……」

　窓の外はもう完全に日が暮れていた。

　ヴィクトルは腰のベルトとボタンを外し、そのまま右手をズボンの中に差し込む。

　手袋をはめたままなのは、この手でアシュリーに触れたからだ。アシュリーを感じたかった。

　アシュリーのシャツに鼻先をうずめたまま、緩く勃ち上がり始めた男根を下着の中から取り出すと、ゆっくりと上下にしごく。

「……あぁ……」

　手袋越しに感じる淡い快感に、ヴィクトルの形のいい薄い唇から、甘い吐息が漏れた。

　目を閉じると、瞼の裏に、シャツをはだけ、白い胸をあらわにしたアシュリーの姿がはっきりと浮かんだ。

ささやかな胸をつかむと、指の間からぷっくりと盛り上がった薄桃色の乳首。

そこを指でこすり上げると、彼女は仰け反り、太ももを震わせながら感じていた。

白い太ももの間の叢は淡く、花弁は感じすぎてふわふわと柔らかく、滑らかな蜜をとめどなくこぼしていた。

本当は舌で彼女の敏感な部分を舐めて愛してやりたかったが、そこまでするととても自分を抑えきれない気がして、なんとか指で我慢したのだが、ヴィクトルに触れられ、乳首を舐められ、淫らに悶えていたアシュリーは本当にかわいかった。

「あっ……アシュリー……」

ヴィクトルの唇がわななく。

医務室のベッドの上で、アシュリーはヴィクトルを求めていた。

『ヴィクトルッ……イキたいっ……イカせてぇ……』

彼女はヴィクトルを愛しているわけではない。

ああ、わかっている。だがあの時、自分にできることはアシュリーの体を篭絡して、気を逸らせるくらいしか思い浮かばなかった。

そしていつか——好きで好きで、気が狂いそうなくらい大事な君と愛し合いたい。

「んッ……」

ヴィクトルはうつ伏せになったまま膝を立てて空間を作ると、凶暴なまでに勃起した男根を両手で包み込む。そして腰を激しく振りながら、両手で作った筒の中に打ちつけていた。

衣擦れの音と、肉杭からこぼれる透明な先走りがぐじゅぐじゅと淫らに音を立てる。数刻前まで、この手袋はアシュリーの体を撫でていたのだ。間接的に彼女と触れ合っていると思うとまた興奮してしまう。

「あ、アシュリー……アシュリー、好きだ、あッ……クッ……！」

ぞくぞくと快感が腰から駆け上がり、全身を包む。

ヴィクトルの、麗しい顔に似合わない凶暴な肉槍は大きくわななき、震え、次の瞬間、白濁したものを一気に手袋の中に吐き出していた。

「クッ、あっ……あぁ……ッ……」

耳の奥で血が流れる音がする。

そのまま根元からこすり上げ、最後の一滴まで搾り上げるように、そのままぎゅうっと握り込む。

痛みが快感にすり替わり、腰ががくがくと震えた。

「あ――はぁ……はぁ……アシュリー……」

枕に額を押しつけたまま、呼吸を整えてゆっくりと上半身を起こす。

自慰でこんなに興奮したのは生まれて初めてだった。

ぼうっとする意識のまま、両方の手袋を裏返しに外した後、精液を受け止めたそれをじっと見つめる。

「捨てるのが惜しいけど……」

アシュリーと間接的に抱き合いたいと思う気持ちで自慰に使ったが、さすがに自分の精液を取っておく趣味はない。

仕方なく屑籠(くずかご)に放り込み、右手を伸ばしてパチンと指を鳴らす。その瞬間、手袋を青い炎が包み込み、跡形もなく燃え尽きた。そしてばたんと窓が開き外から風が吹き込んでカーテンを揺らし空気を入れ替える。部屋の中にうっすらと満ちていた性の匂いが、あっという間に掻(か)き消えた。

「よし……」

ヴィクトルが部屋の真ん中に立つと、着ていたシャツのボタンが勝手に外れ、見えない手でシャツやズボンが脱がされてゆく。

その後も、ヴィクトルがパチンと指を鳴らすたびに銀の盥に溜(た)められた水が一瞬でお湯に変わり、清潔な布が沈み、ぎゅっと絞られてヴィクトルの体をきれいに拭き上げる。

まるで姿かたちの見えない透明人間が、ヴィクトルの世話をしているかのように。

すっかり体が清潔になったところで、クローゼットから着替え一式がふわふわと飛んできてヴィクトルの体を包み込む。ヴィクトルはそれまでずっとされるがままだったが、そこでふと、壁にかかっていた鏡に映る己の裸の上半身を見て、初めて不満げに深紅の目を細めていた。

「傷痕が残れば、きっとアシュリーは僕のことを思いやってくれただろうに。もっと大きな爆発にすればよかったな」

そう――エマの魔術に干渉し、細工をしたのはヴィクトルだった。彼女のつたない術を火種にして、爆発を起こしたのだ。

アシュリーの体を万が一でも傷つけてはいけないと、自分だけを狙ったところまでは完璧だったが、アシュリーの白魔術が完璧すぎたせいで、傷はきれいに癒えてしまった。

彼女の心に思ったほどの罪悪感を植えつけることができなかった。それが残念で仕方ない。

アシュリーのようにまっすぐで裏表のない清純な娘を囲い込むには、罪悪感で外堀を埋めるのが一番なのだが。

(さすがに同じ手は使えないだろうな)

はぁとため息をつくヴィクトルは、新しい手袋をしっかりとはめる。すると部屋に満ちていた魔力が、靄(もや)が晴れるように消えていった。魔力を隠せば誰が見ても、いつもの人畜無害な王子様に戻ることができる。

ヴィクトルは強大な魔力を持ちながら、特製の手袋でその力を抑え込んでいるのだ。

現在このことを知っているのはレッドクレイヴの女王である母と、ごく一部の王宮魔術師だけである。

幼いころ、繰り返す悪夢にうなされて寝室の壁をぶち抜いた時、大砲でも撃ち込まれたのかと驚いた母が、ヴィクトルを調べさせて判明した。

『殿下はおそらく、数百年前まで存在していた【魔法使い】です』

『王家にも魔法使いはいたそうですから、先祖返りかもしれません』

『魔法使いはあまりにも『強い』。たったひとりで千の軍隊にも匹敵する力をお持ちです。このことは内密にしたほうがいいでしょう』

王宮魔術師の提言はもっともだった。乱世であれば英雄にもなれただろうが、もうこの世には竜も巨人もいない。強い力は平和な世では使い道がない。むしろその強い力のせいで、周囲から反発、迫害がないとも限らない。

女王は魔術師たちに命じて、秘密裏（ひみつり）に魔力を抑えるための手袋を編ませ、ヴィクトルに与えたのだった。

そして王子は強い魔力を隠しながら、人前では人畜無害の青年を演じ続けている。

おそらく死ぬまで魔法使いであることを隠して生きるはずだ。

「アシュリー……」

ヴィクトルは軽く首を回し、窓辺から外を眺めた。

女子寮は中庭を挟んだ向こうにあり、こうやって覗いたところで見えるはずもないのだが、この視線の先に愛しい人がいるかと思うと、胸が締めつけられるほど苦しくなる。

真綿でくるむように愛したいのに、一方で彼女の心に一生消えない傷をつけたいと願う。

思い知ればいい。

自分をこれまで強く想っている男がいるのかと――。

（アシュリー……僕はもう、引いたりしない。誰の命令も受けない。たとえ君がそれを望まないとしても）

（なんだか、嫌な予感がする……！　あのままで終わるはずがないわ……！）

医務室での一件からずっと感じていたアシュリーの不安は見事に的中した。

なんとヴィクトルは、アシュリーに対してまったく好意を隠さなくなってしまったのである。

「アシュリー、席を取っておいた。一緒に食事を取ろう」

朝、昼、晩の食堂での食事は当然として、授業でも必ず隣に座るようになった。

「君はボリスの菓子が好きだろう。取り寄せておいた」

「最近、顔色が優れないんじゃないか。これは滋養に効くから飲むといい」

美しい黄金色の髪を輝かせながら、彼は心配でたまらないという態度でアシュリーに接する。

そしてそうっと、アシュリーが好きなハーブティーを差し入れしたり、きれいに箱詰めされたクッキーを差し出してくるのだ。

毎日、ちょこちょこと小さなプレゼントを渡されて、気がつけばアシュリーの机やクローゼットは、あっという間にヴィクトルからのささやかなプレゼントで、埋め尽くされてしまった。

「見てよ、これ……そのうち置く場所がなくなりそうよ」

「まぁまぁ……たかがお茶やお菓子じゃん。あとは……ハンカチとか、小さなポプリとか？」

エマが苦笑しながらハーブティーを飲み、クッキーをかじる。

「ほら、やっぱりそう思ってる！　突っ返すにはちょっと大げさかも？　と思わせるプレゼントが、もう、いやらしいのよ……！」

授業のない休息日。部屋でいつものようにお茶を楽しんでいたアシュリーは、エマの「そのくらい受け取って差し上げたらいいじゃない」という言葉に、唇を引き結びわなわなと震えていた。

「アハハ、ごめんって。でも殿下は紳士だし、無理を通してくることもないでしょ？」

「――」

　エマの発言にアシュリーは言葉を失う。

（それは違うわ……本当のヴィクトルは性格が悪いし、策士なのよ……自分は安全圏にいて、誰にも不審がられず外堀を埋めるような、そんな姑息な男なのよ……！）

　そう、本当の紳士は医務室で女性を手籠めにしようとはしないし、監禁してしまうかもとささやいたりはしないと思ったが、言ったところで信じてもらえるはずがないので、唇を引き結ぶしかない。

「それにさ～、アシュリーに近づこうって男子生徒もいなくなったよねっ！」

「それは……そうだけど」

　エマの指摘はもっともで、入学して数日でヴィクトルとひと悶着あったせいか、男子生徒の露骨な視線や、下心を隠した個人的なお誘いは、あからさまに減った。

『ヒアローの白薔薇』と呼ばれるアシュリーと、個人的に親しくなりたいという男子生徒は多いが、さすがに次期国王であるヴィクトルの手前、遠慮しているのだろう。

（でも、王子様にちょっかいをかけられるほうがよっぽど負担なんだけれど）

　こくり、と彼にもらったお茶を飲む。ヴィクトルがくれたお茶は、実家でよく飲んでいる産地のものだ。心を安らげる効果があると言われている。

また今日贈られたポプリはラベンダーで、枕元に置くとよく眠れるから、とヴィクトルは言っていた。

(まるで、私があれからあまり眠れていないのを知っているみたい)

彼の怪我を治したあの日のことを、忘れたことは一日もない。

ヴィクトルはあんな淫らなことをしておいて、今更紳士ぶってアシュリーに、せっせとかわいい贈り物をしてくるのである。しかもプレゼントには毎回、アシュリーの瞳を連想させる上品なオパールカラーのリボンを結んでいるのだ。

(小癪だわ……!)

そういう女性ウケしそうなセンスの良さに腹が立つが、そんなことを口にしたところで、馬鹿を言うなと笑われるのはアシュリーのほうだ。

結局黙り込むしかないアシュリーを見て、エマはにこっと笑う。

「ね〜! だから悪いことばっかりじゃないんだよ」

そしてクッキーを二枚重ねて、口の中に放り込んだのだった。

それからエマは、ボリスのお菓子をしこたま食べてお茶を飲んだあと、眠くなっちゃったと自分の部屋に戻っていった。アシュリーは食器を片づけたあとは授業の予習をしていたが、窓から差し込む光がぽかぽかと心地よいのに気がついて、教科書を持って寮を出る。

「いい風が吹いてるわね」

首の後ろにかかる髪をかき上げながら、中庭のベンチに腰を下ろし教科書を広げる。周囲で繰り広げられる他愛もないおしゃべりが、少しだけアシュリーの心を慰めてくれるようだった。

だが結局、アシュリーの視線は膝の上の教科書の上をつるつる滑ってしまう。ちっとも文字が頭の中に入っていかない。

考えるのは今後の自分の身の振り方だ。

（やっぱり学校は辞めようかな……）

勉強は続けたかったが、ヴィクトルを見ていると強引に押し通されそうで怖くなる。

あれからふたりきりになったことは一度もないが、このまま士官学校にいたら、またそういう状況にならないとも限らない。

（ガラティア領に戻れば……ヴィクトルと物理的に離れられるし）

さすがに領地にまで追いかけてくることはないだろう——と思ったが、なんとなく、あの男はニコニコ微笑みながら追いかけて来そうな気がして無性に怖くなる。自分にはもう逃げ場がないのかもしれない。

（えっ、どうしたら……）

万事休すかと怯えていると、

「アシュリー！」

突如、中庭に凛と男性の声が響いた。

「はい……？」

名前を呼ばれて顔を上げると、中庭を突っ切るように、美しい赤毛の髪を揺らしながら背の高い青年が駆け寄ってくるのが見える。

（ま、まさか……）

アシュリーはあんぐりと口を開けて立ち上がった。

「アシュリ〜！」

「や、やっぱりっ！　モーリス兄様、どうしてっ！」

驚きすぎて、珍しく悲鳴に近い声を上げていた。

白地に青と金で染めた刺繍が施されたキラキラしい近衛騎士の制服に身を包んだ兄は、猪突猛進（ちょとつもうしん）を絵に描いたような勢いでアシュリーに迫ってくると、太陽のような笑顔でこちらを見おろし、またニコッと微笑んだ。

彼の名はモーリス。燃えるような赤毛に紅茶色の瞳をしたガラティア家の長男にして、女王陛下の近衛騎士を務めている男である。

アシュリーと十歳年が離れているせいか、妹を目に入れても痛くないほど溺愛しており、その愛情を若干『重たすぎる』と感じているアシュリーは、深々とため息をついてしまった。

「学校には来ないでって、あれほど言ったのに……！」

花形ともいえる近衛騎士の衣装に身を包んだモーリスの姿を見て、中庭にいた女生徒たちはいっせいに色めき立ち、チラチラとこちらを見ながら目を輝かせた。

「ねぇ、あの素敵な方は誰かしら？」

「近衛騎士の隊服を身にまとっていらっしゃるわよ！」

「アシュリーさんのお友達？」

（さっそく騒がれているし……）

アシュリーは苦々しい表情で兄を見上げた。

兄はとにかく立ち居振舞いが派手で人目を引く。地味にひっそりと、誰にも注目されず生きていきたいと思っている自分とは、まさに正反対の存在なのだ。

「私の妖精よ、なぜため息をつく？　兄が最愛の妹に会いに来るのはおかしなことでもなんでもないだろう！」

モーリスはアシュリーの目の前で、肩にかかる美しい赤毛の先を軽く手の甲で払いながら、大げさに哀しみの表情を浮かべた。

挙動がいちいち大げさだが、別にふざけているわけではない。兄はいつもこんなテンションで、ヴィクトルとはまた違ったキラキラを周囲にまき散らしている男なのだ。

おかげでお城で働く女官たちからは『モーリス様のお顔を見ると元気が出ますわぁ〜！』と大好評なのだが、一方的に溺愛されるアシュリーはたまったものではない。

慌てて兄の腕を取り、人目を避けて木々に隠れる庭の端っこへと移動した。

「兄様、近衛のお仕事はどうなさったの？」

近衛騎士は女王陛下直属の騎士で、常に陛下のそばに控えている。おいそれと抜け出して、王都から離れた郊外の士官学校に顔を出せるような職務ではないはずだ。

アシュリーが怪訝そうな表情で問いかけると、

「それはもちろん、お休みをいただいたに決まっているではないか。陛下は事情を聞いて快く送り出してくださったぞ」

モーリスは胸のあたりを拳で、ドンと叩く。

「事情を聞いてって……」

どうやら恐れ多くも女王陛下に、妹に会いたいからと休みを申し出たらしい。まるで悪いとも思っていないし後ろめたさも感じていないようだ。

なぜ許されるのだろう。モーリスだからだろうか。いや、きっと女王陛下のお心が海よりも広いからに違いない。アシュリーは息を吐いた。

「はぁ……」

「またそんなため息をつく！　そんなことでは幸せが逃げてしまうぞワハハ！」

するとモーリスは華奢なアシュリーの脇の下に両手を入れると、いきなり子供にするようにアシュリーの体を抱き上げてしまった。

「きゃあっ……！」

兄のモーリスは大柄でがっしりとした筋肉質な体軀をしている。いきなり子供のように『高い高い』されたアシュリーは悲鳴を上げ足をばたつかせたが、モーリスは意に介さず、アシュリーを下から見上げる。

「ちょ、ちょっと！」

「はっはっは！　アシュリー、しっかり食べているか？　少し痩せたんじゃないか？」

「た、食べてますってば！」

能天気に見せて案外兄は策士だ。こうやればアシュリーが逃げられないことを昔から知っている。

「もう、兄様ったら……！」

アシュリーが唇を尖らせると、

「なぁアシュリー。今更だが、やはり私たちはお前の入学式に出席したかったよ。首席入学なんて大変な名誉じゃないか」

モーリスは軽く目を細めて問いかける。

「ご存じだったんですか」

「王宮で聞いた。知らなかったからビックリしたよ」

どうやらアシュリーの噂は王宮にも届いているらしい。

最悪だと思いながらしぶしぶ口を開く。

「それは……大げさに思ってほしくなかったし……騒ぎにもしたくなかったから」

快活を絵に描いたような赤毛の兄の両親は、確かにこの人を産み育てた両親だと一目でわかるような明るい人たちで、アシュリーを非常にかわいがってくれている。

本当にいい人なのだが、ひっそりこっそり生きていきたいと思っているアシュリーには、あまりにも眩しすぎる。

士官学校の入学だって、最初は大反対だったが最終的には『それがお前の望みなら』と泣く泣く送り出してくれた。首席入学だと知ったら、入学式の場で両親がまた泣いたりしそうで、それは避けたいと思ったのだった。

「大げさもなにも、本当に素晴らしいことじゃないか」

「――すみません」

確かに黙っていたのはよくなかったかもしれない。だがこうやって兄にバレてしまったのだから、もう許してほしい。

アシュリーは足をブラつかせながら兄を見おろす。

「恥ずかしいから下ろしてください。私はもうおさな子ではないんですから」

「私からしたら、お前はいつまでも小さなアシュリーのままなんだがなぁ」

とはいえ、妹をいつまでもブラブラさせておくわけにはいかないと思ったらしい。苦笑しつつアシュリーを芝生の上にそうっと下ろすと、今度は大きな手で肩をつかむ。

（絶対に逃がさないっていう圧を感じるわ……）

兄はほぼ魔術を使えない。魔術は素質に左右されるので、こればかりは努力ではどうしようもないのだが、強い肉体と精神はある種の魔術にも匹敵する。

仮にここでアシュリーが『見えているものを見えなくする』ような、認知を誤魔化すような魔術を使って逃げたとしても、彼は持って生まれた野生の勘ともいうような直感で、アシュリーを見つけ出してしまうだろう。

だからここは素直に兄の言葉を聞くしかない。

そんな決意を込めて顔を上げると、モーリスは凜々しく太い眉の下の目を優しく細める。

「アシュリー。私たち家族は、お前のやりたいことに反対などしない。お前の幸せを一番に考えているんだよ」

「兄様……」

「だけどな、一度決めたことだからと、無理をする必要もないんだ。戻りたいと思ったらいつでも戻ってきていい。お前はガラティア家の大事なひとり娘なんだからな」

兄のあたたかい言葉に、入学前から抱えていた重しのようななにかが、少しだけ軽くなった気がした。

育ての両親と兄は、親の顔も知らないアシュリーを本当の家族のように育ててくれた。アシュリーが知っている中で、もっとも美しい善性を持った人たちである。ここで学校を辞めたいと伝えたとしても、きっとアシュリーの気持ちを尊重してくれるだろう。

(ガラティア領に帰りたいって、言ってみようか……)

士官学校を卒業したら聖教会に入ろうと思っていることをアシュリーは家族に伝えていなかった。言えばきっと悲しませるとわかっていたからだ。

家族に前世の記憶や、四度目の人生も若くして死ぬかもしれない可能性について説明する気はないが、自分を殺すに違いない男がこの国の王子だとわかった以上、士官学校に居続けるのはやはり危険すぎる。

「あのね、兄様……私」

「ん?」

モーリスが軽く首をかしげて顔を覗き込んできた次の瞬間、

「お前、なにをしている!」

鋭い声がして、次の瞬間、鋭い拳が兄に向かって繰り出される。モーリスはまさに野生の勘でその拳を紙一重で避け、一歩後ずさった。

「兄様！」

　いきなり殴りかかられた兄を見て、アシュリーは悲鳴を上げた。慌てて兄の前に飛び出し驚愕する。

「ヴィクトル……！」

　そう、そこに立っていたのはヴィクトルだった。肩でハァハァと息をして、金色の髪は乱れ額に張り付いている。ものすごく遠くから全力疾走してきたような様相だ。

「――殿下？」

　ヴィクトルの姿を見てモーリスが目を丸くし、同時にヴィクトルも深紅の瞳を見開いた。

「その騎士服は……母上の近衛騎士か」

「はい。初めてお目にかかります。私はモーリス・リード・ガラティア。陛下の近衛騎士で、ここにいるアシュリーの兄でございます」

　モーリスは胸に手を当てて前傾する。

「兄……？」

　ヴィクトルの視線がモーリスとアシュリーを行ったり来たりする。

「そ、そうですよっ、いきなり殴りかかるなんて……！」

　気がつけば、アシュリーは怒りにぶるぶると震えながら、兄を背にヴィクトルに食ってかかっていた。

「なんなんですか、兄があなたにどんな無礼を働いたというんですっ！」

「っ……それは」

ヴィクトルが動揺したように息をのんだが、アシュリーの怒りは収まらなかった。

自分には好きだと言っておいて、なぜ兄を殴ろうとするのだ。やはりこの男は信用ならない。信用してはいけない。全身から血の気が引いて、指先がひんやりと冷たくなる。

ひっぱたきたい気持ちを必死に抑えながら、全身全霊でヴィクトルをにらみ上げていると、

「アシュリー、落ち着きなさい」

モーリスがアシュリーの肩にとん、と手を置き、にこやかに微笑みながらアシュリーを背中の後ろに追いやってしまった。

「だ、だって……！」

「殿下には私が神聖なる士官学校で、昼日中から女性に言い寄る不埒な男に見えたのだろう。困っている女性を助けようとなされただけだ」

「えっ!?」

「まぁ、仕方ないな。私はとてもいい男だから遠くからでも目立つんだ。あっはっは！」

そしてモーリスは燃えるような赤毛をさらりとかき上げながら、改めてヴィクトルに向かって頭を下げる。

「殿下、申し訳ありません。人目もはばからず、妹との久しぶりの再会でついはしゃいでしまった私に咎があります」

「僕こそすまなかった。アシュリーの悲鳴が聞こえて頭に血がのぼってしまったんだ」

ヴィクトルはそう言って頭を下げるモーリスの肩に手をのせる。

（私が悲鳴を上げたからって……）

自分のためだと聞いてしまうと、怒りの持っていきどころがなくなってしまった。

そこへ少し遅れてロイが走ってきて「殿下っ……いきなり走り出されて……」と大きく息を吐く。

「えっと……この状況は？」

「彼は母上の近衛騎士で、アシュリーの兄だ。彼女に言い寄る不埒な男ではなかった」

「え、そうだったのですか……なるほど……兄……？」

ロイの眼鏡の奥の瞳が見開かれ、遠慮がちではあるが、アシュリーとモーリスを見比べる。それはヴィクトルもだ。

彼の視線は変わらずモーリスに注がれていた。

兄だと伝えたはずなのに、どこか探るような、疑いの目を向けている。まるでアシュリーとの違いを探しているような、そんな無遠慮な眼差しに、胸の奥がもやついた。

アシュリーは、過去何度も兄と自分に向けられた――好奇心たっぷりの視線を思い出し、唇を引き結ぶ。

レッドクレイヴ特有の、燃えるような赤い髪をもった陽気な兄と、親族に誰ひとりいない黒髪の陰気な妹。

(見れば、私がガラティアの血を引いていないのは、誰だって想像できるわ……ここでもそうなのね)

もう慣れたと思っていたが、やはり落ち着かない気分になる。

ちなみに自分が養子だと知ったのは、アシュリーがまだ前世を知らなかった子供のころだ。兄とかくれんぼをしている時に、屋敷で働く若いメイドたちの会話を盗み聞きしたのがきっかけだった。


「お嬢様って、お顔はかわいいけどちょっと変よね。妙に落ち着いていて、子供っぽくないっていうか」

「ご両親やおぼっちゃまは、陽気で明るい方なのにねぇ」

「全然似てないわよね。もしかしたら旦那様が愛人にでも産ませた娘なんじゃないの？」

「まさかぁ〜！　奥様にメロメロな旦那様が、そんなことなさるはずないじゃない」

「噂じゃ捨て子だったって」

「やんごとなきご身分の方の不始末を、押しつけられたのかも」

「旦那様はお人よしだからねぇ〜」

　ガラティア領主は、不作が続けば税金を釣り上げるどころか、倉庫から穀物を領民に配るような人だった。なので領民たちは常々面倒ごとを押しつけられがちな領主を、敬愛すると同時に心配もしていたのだ。

「ほんと、お人がいいんだから〜」

　メイドたちはそれからひとしきり、旦那様が今に騙されて領地を取り上げられるんじゃないか、というようなことを無責任に語り合い、アシュリーが話を聞いていることにも気づかず、その場を離れてしまった。

「わたし、このおうちの子じゃないの……？」

　噂話を聞いて衝撃を受けたアシュリーは、両親のベッドの下から這い出して、発作的に裏庭から屋敷を飛び出していた。

（じゃあわたしのいばしょは、どこなの？）

　張り出した木の根っこに足を取られながら、山の奥へと進んだ。

　目的があったわけではない。ただ人目を避けた結果だ。

　だが山の天気は変わりやすい。急に雨が降り出して、慌てて目についた樹のうろに身を隠した。だが雨風はどんどん強くなり、着ていたワンピースドレスはぐっしょりと雨に濡れて体は氷のように冷たくなった。

どうして自分はこんなことをしているんだろう。だが今更家には帰れない。

「……グスッ……」

アシュリーは非常に我慢強く大人しい娘だった。

だがお尻が濡れて冷たくなってきたら、急に寂しくてたまらなくなった。

兄はまだ、屋敷の中でアシュリーを探しているかもしれない。

おやつにお母さまと一緒に昨日作ったケーキを食べる約束をしていたのに、どうしよう。

でも帰れない。だって自分はあの家の子ではないのだから。

「うっ、う……っ……おとうさまぁ……おかあさまぁ……」

滅多に泣いたことがないアシュリーの虹色の瞳から、ぽろぽろと涙がこぼれる。

自分で選んだことなのに、しくしくと泣いていると不安でつぶれてしまいそうになる。

自分は世界で一番かわいそうな子供だと、辛くてたまらない。そうやってしばらく膝を抱えて泣いていると、濡れた葉っぱが踏み荒らされる音がした。

「――？」

顔を上げると、真っ黒い目がアシュリーの顔を覗き込んでいた。

それは大きな牡鹿(おじか)だった。

大人が両手を広げた時よりも大きい、左右に張り出した立派な角を持った牡鹿が、雨の中アシュリーの顔を覗き込んでいたのである。

驚きすぎて悲鳴すら上げられなかった。あの角で突かれれば小さなアシュリーなど、容易に串刺しにされてしまうだろう。だから口をつぐんだ。

しとしとと降る雨の中、アシュリーは目を逸らすこともできず牡鹿と見つめ合っていた。

そしておそらくそこでアシュリーは気を失ってしまったのだ。

次にアシュリーが目を覚ましたのは、見慣れたベッドの中だった。

目を開けると両親と兄が枕元にいて、アシュリーを見て滂沱の涙を流した。

雨に打たれたアシュリーは、高熱を出し三日ほど昏睡状態だったらしい。

「わたしは、家族なの……？　おうちにいて、いいの……？」

ベッドの中のアシュリーの問いに、家族は一瞬息をのみ、それから顔を見合わせた。

「当たり前だろう。お前は大事な私たちの家族だよ……！」

顔面を蒼白にし、声を震わせながらそう言う父の顔を見て、アシュリーは泣いてうなずき、また眠ってしまった。

ちなみに山の中でアシュリーを見つけたのは兄だった。アシュリーが屋敷の中にいないことに気づき、日が落ちる前に捜索隊を編成して山に入ったのだとか。

「ご先祖様がお前を見つけてくれたんだ」

その時は兄の言っている意味がわからなかったが、暖炉に刻まれた我が家の紋章を見て気がついた。

ガラティア家の紋章が『牡鹿』であることに。

牡鹿は創生神が、数多くいる娘のひとりである『白い花の女神』の供として与えた神獣だ。ガラティア領では牡鹿は御使いとして大事にされていた。

その牡鹿が、山の中でモーリスを先導しアシュリーのもとに導いたという。

本当かどうかはわからないが、確かに雨に濡れながらアシュリーは牡鹿を見たのだ。

(かみさまが、たすけてくれたんだ……)

その後、アシュリーが元気を取り戻したところで、今度は母が倒れてしまった。

「お母さまは一度もベッドで体を休めなかった。お前から目を離したら、またどこかに消えてしまうんじゃないかって、不安だったんだよ」

兄に頭を撫でられながらそう言われて、アシュリーは自分の愚かさを心から恥じた。

その時からアシュリーは、たとえ血が繋がっていなくても、家族を悲しませないようにしようと誓ったのだ。

だが結局――アシュリーはそれから一年も経たず、前世を思い出してしまった。

いずれ自分は死んでしまう。だが本当のことなど絶対に話せない。

結果、大好きな家族から距離をとらざるを得なくなった。

愛してくれる家族から離れて、今また妻にと望む男からも逃げている。

アシュリーは異物なのだ。同じ男に三度殺される夢を見て、今は四度目の死に怯えている。

そんな自分がどうして人の愛を受け取れる？

自分が何者かもわからない、異邦人なのに。

気がつけば、アシュリーの唇から皮肉がこぼれていた。

「――私は捨て子ですから、家族の誰とも似ておりません」

「アシュリー」

たしなめるようにモーリスが名を呼んだが、止められなかった。

こちらを驚いたように見つめるヴィクトルの深紅の瞳に胸がざわめく。

憐(あわ)れまれているような気がして、同時になぜあなたに情けを受けなければならないのだと、イライラが抑えきれなくなった。

これまで何度も、こんな目で見られた。王子に憐れまれたからって、別にどうということはないはずなのに。

なぜか彼の視線は心を逆なでる。

(だめ。王子にこんな口をきくなんて)

他人にどう思われてもいい、仕方ないと生きてきたはずなのに。

ヴィクトルを前にすると、アシュリーの心は自分でもうまく制御できなくなってしまう。

普段は喜怒哀楽をうまく表に出せず『氷の妖精』と呼ばれているくらいなのに、これではまるで駄々っ子だ。

「そうです。捨て子なんです……。私はいらない子なので、本当の親には捨てられたんですっ。殿下も私のようなものに、気安くなさらないほうがいいかとっ……。では失礼します！」

そう吐き捨てるように言い捨てて、アシュリーは小さく会釈してくるりと踵を返す。

「アシュリー！」

背後から呼び止める兄の声が聞こえたが、アシュリーは立ち止まらなかった。

三章「思惑」

僕は前世で三度、愛する人を殺している。


モーリスはかすかに眉をひそめた後、ヴィクトルに向き合って深々と頭を下げる。

「アシュリー……」

「申し訳ございません、殿下。妹の無礼をお詫びいたします」

ゆるく波を打つ髪が、ヴィクトルの前でふわりと揺れた。

女神に仕えた赤竜の血を引く男が建国したレッドクレイヴでは【赤】はもっとも高貴な色とされる。モーリスの珍しい赤毛はどこにいても目立つし、愛される理由になる。

最初は、母がこの男を近衛騎士に選んだのもその美しさからだろうと思っていたが、それだけではないらしい。妹を追いかけたいだろうに彼はヴィクトルのそばを離れなかった。

（悪くないな）

そんなことを考えながら、ヴィクトルはアシュリーの兄を見つめる。

モーリス・リード・ガラティア。ロイが調べたところによると、常に太陽のほうを向いて咲く向日葵（ひまわり）のような男であり、公正な性格と明朗快活な人柄で城内での人気もかなり高い。母である女王の近衛騎士であり、次期隊長との呼び声も高い騎士らしい。

「モーリス。君が謝罪する必要はない」

「ですが……」

ヴィクトルの言葉に、モーリスは少し困ったように視線を落とす。謝らなくていいと言われても、アシュリーの振舞いは王族に対する態度として最低なのは間違いないからだ。

だがヴィクトルは本気で、そんなことはどうでもいいと思っている。彼女が自分に対してどんな振舞いをしようとも、それは些細なことだ。

アシュリーにはその権利がある。

「不躾だが聞かせてほしい。十八年前、君がアシュリーを保護したというのは本当なのか？」

ヴィクトルの問いかけにモーリスは一瞬目を瞬かせたが、

「ガラティア領にある小さな教会の敷地内に、捨てられていたのがアシュリーです。教会に家族で礼拝に行った帰り、私が庭の片隅で見つけました」

　十八年前を懐かしむように、モーリスは形のいい唇に柔らかな笑顔を浮かべた。

「花畑の中で眠っていたので、私は妖精の赤ちゃんを見つけたと両親に喜んで報告したのです。本当に愛らしくてかわいくて……泣きもせず、抱き上げた私を見上げて、にこにこ笑っているものですから、親に捨てられた子供だなんて微塵も思いませんでした」

「親は見つからなかったのか」

「はい。捨て子とはとても思えなかったので、どこからか誘拐されたのではないかとかなりの時間をかけて親を探しました。ですが見つからず……。これもなにかの縁だとアシュリーを正式に養子にしたのです。我がガラティア領は大変のんびりした田舎ですから、平凡な幸せをあの子に与えられるだろうと思っていたのですが……。その、アシュリーはあまりにも美しすぎたし、賢すぎて……やれ枢機卿の隠し子だとか、他国の王族のご落胤だとか、滅茶苦茶なことを言われて困っているのですよ」

　それからモーリスは顔を上げて、真面目な顔でヴィクトルを見つめた。

　つい先ほどまであった遠慮のような気配が、その眼差しからは消えている。

「今日は、王宮でまことしやかにささやかれている噂を確かめに参ったのです」

「ああ……そうだろうな」

　そのうちなにかしらの探りは入れられるだろうと思っていた。

　士官学校という若い学生ばかりの場所で、あんなふうにあからさまに振舞っていたのだ。

当然、王宮にもその話は届く。

（母の命令か）

女王メアリーは三人の子供たちを心から愛しているひとりの母親ではあるが、同時に統治者でもある。

大事な跡継ぎが帝国に飛び出して十年、ようやく戻って来たかと思ったら誰にも相談せず士官学校に入学し、歴史はあるが王宮内ではまったく権力を持たない男爵の娘を追いかけまわしていると耳にして、さぞかし胸を痛めていることだろう。

「モーリス、僕はアシュリーに求婚した」

「きゅっ!?」

まさかそこまでとは思わなかったのか、モーリスが首を絞められたようなおかしな声を上げた。

「立太子する前に妻になってほしいと伝えた」

「その……妹は、なんと」

「立場を考えろと怒っていたな」

茫然とした表情のモーリスは、ふっと笑ったヴィクトルを見て、一瞬口を開きかけたが、すぐに閉じてしまった。

「モーリス、僕は本気だ。アシュリーを僕の妻にする。彼女以外は誰も娶るつもりはない」

「ですが……」

「反発を受けるのは織り込み済みだ。だが周囲がなにを言おうが僕はもう決めている。母上にもそうお伝えしてほしい」

「畏まりました。ありのままのお言葉をお伝えします」

ヴィクトルの発言を本気と受け取ったモーリスは小さくうなずき、それから顔を上げてためらいつつも口を開いた。

「——殿下、自分勝手に発言するご無礼をお許しください。これは近衛騎士ではなく、あの子の兄としてお尋ねしたいのですが……なぜ先ほど、殿下はいらぬ誤解を招くような視線を、私と妹に向けたのでしょうか」

その無遠慮な眼差しで、アシュリーは自分が貶められたと感じ激怒したのだ。

どうしてもモーリスも聞いておきたかった。

するとヴィクトルはふっと瞳を細め、それからなんでもないことのように肩をすくめる。

「お前が本当に、アシュリーを妹として見ているかどうか、気になった」

その瞬間、モーリスがああやっぱり、と苦笑してしまった。そう、アシュリーは気づかなかったが、モーリスにはわかっていた。

王子の自分を見る目が【嫉妬】だったことに。アシュリーが身を挺してモーリスを守ろうとした、心を許している様子に苛立っていたのだ。

　そしてその深紅の瞳は、いつでもモーリスの心臓をひと突きできるような鋭さを備えていた。

　ヴィクトルは王宮でも悪口を聞いたことがないくらい品行方正な王子だったが、なぜかあの一瞬、モーリスは【死の恐怖】を感じていた。

「ご安心ください、殿下。あの子を拾った時に、十歳の少年だった私の心には、ありえないほどたっぷりの父性が芽生えたのです。かわいくてかわいくて、目に入れても痛くないと思っていますが、人に言えないような感情を持ったことは一度もありません。本人はあまり望んでおりませんが、いずれ信頼のできる男に嫁がせたいと思っております」

　白の騎士服の背中は、噴き出した汗でじっとりと濡れていた。表情もきっと強張っていただろう。

　だがモーリスは顔には汗一つ掻かず、にこやかに微笑む。

「わかった。その言葉を信じよう」

　信じると言ったヴィクトルの深紅の瞳から、あからさまな脅しの色が消える。約束をたがえればどんなことになるか、考えるだけで恐ろしい。

「王宮に戻ります。女王陛下には、ありのままをお伝えいたします」

　モーリスはとりあえず目的を果たした。

踵を返しヴィクトルの前から立ち去ったのだった。

燃えるような見事な赤毛の男の背中を見送っていると、黙って控えていたロイが気遣いながら声をかけてくる。

「女王陛下にお気持ちがバレてもよろしいのですか？　本当はもう少し時間をかけるおつもりだったのでは」

「そうだな。ひとまずアシュリーとはつかず離れずの距離を保ちつつ、収穫祭あたりで衆人環視の中プロポーズ。断れない状況を作って、外堀を埋めるつもりだったんだが」

ヴィクトルはすっきりとした顎のあたりを指で撫でながら、唇を引き結ぶ。

「彼女が思った以上に僕を拒否したから、少し強引な手に出てしまった」

医務室での一件が脳裏に浮かぶ。

彼女をかばって怪我をして、アシュリーに罪悪感を植えつけるのが最初の作戦だった。アシュリーに手を出すつもりはなかったのだ。だが出してしまったものは仕方がないので、方針を変えることにした。

レッドクレイヴの次期国王であるヴィクトルが、男爵令嬢のアシュリーにご執心ということを誰の目から見ても明らかになるよう振舞った。

周囲の人間はヴィクトルを『平等』で『誰にでも分け隔てなく優しい』と言う。

確かにそうだ。ヴィクトルは誰にも執着していない。誰になんと思われてもいいし、自分をよく見せたいなんて思ったこともないから好きも嫌いもない。もちろん母や妹たちを大事に思う気持ちはあるが、目がくらむような強い感情ではない。

アシュリーだけが特別なのだ。

(これはこれでアシュリーに近づく男は一掃できたし、母や大臣が僕に引き合わせようとしている貴族令嬢へのけん制にもなっただろう)

そしてこっそり噂の真相を確かめようとやってきたモーリスに、アシュリーを妻にすると宣言した。

(母上はミスを犯した。僕の気持ちを知ってしまった。モーリスに様子を見に来させなければ、なにも知らなかったていで、王太子妃候補を押しつけられただろうに)

今後、どんな女性をあてがわれたとしても、ヴィクトルは『僕の気持ちはご存じですよね？』と訴えることができてしまう。その余地を作ってしまったのだ。

女王である母は立派な統治者だが母親でもある。親心が災いしたとしか言いようがない。

そこでふとロイが首をかしげつつ問いかける。

「アシュリー嬢にも前世の記憶があって、それでヴィクトル様を拒んでいるのでしょうか」

「わからない。アシュリーの男嫌いは有名らしいからな」

そしてヴィクトルは人目を避けるように校舎の壁にもたれて、腕を組んだ。

ヴィクトルには前世の記憶がある。物心ついた時から前世を繰り返し夢で見ていたが、その理由も意味もわからなかった。

最初は、自分が魔法使いだから不思議な夢を見るのだろうかと思っていた。だがいろいろと書物を読んで勉強していくうちに、少年だったヴィクトルは、夢は自分の前世ではないかと気がついたのだ。

夢の中の自分はいつもひとりの少女のそばにいて、そして彼女を殺す――。

ヴィクトルは生まれた時から、得体のしれない不安と焦燥感の中で生きてきた。

その感情はふわふわと輪郭が曖昧で、言語化できるものでもなく、ただじっとしていることができない焦りに常に追われていた。

眠っている時に見る鮮烈な夢。

瞼を持ち上げた瞬間、砂で作った城のように崩れてしまう、儚(はかな)い夢。

つかめそうで実体がない焦燥の中、自分は生きているのか死んでいるのかわからないまま、誰にも心を許さず生きてきた。

だが士官学校の入学式で、中庭を歩く美しい黒髪の少女を見てすべてを【理解】した。

自分がレッドクレイヴの王子として生まれた意味。

前世を過去と割り切れないまま、この世界の真理に迫りたいと帝国に遊学したことも、遊学先でどれほどの美姫に言い寄られようと、一度だって心を動かされたことがなかった理由も。

すべては彼女——アシュリーに再会するためだったのだ。

最愛の人。過去三度、自分が殺した相手を今度こそ失うわけにはいかない。

(神官になんかさせるものか)

近いうちに教会はアシュリーを奪おうとするだろう。三度そうしてきたのだから四度目もそうに決まっている。

(帝国で学んだ十年で、この因果の推測はついている。だがすべてが明らかになっているわけではない。今はまず、アシュリーを守ることだけ考えるべきだ)

現状アシュリーには嫌われているが、彼女が手の届く範囲にいると思うだけで嬉しくて涙が出そうになるし、もりもりとパンを食べているのを見つめるだけで『たくさん食べて偉いね……』という、謎の保護者のような感情まで湧き出る始末だ。

とにかくアシュリーが『生きている』だけで今は嬉しい。

(あの美しい虹色の瞳で見つめられるだけで、僕はどうにかなりそうになる)

アシュリーを思って、そっと耳のピアスに触れる。

ピアスは帝国であつらえたものだ。アシュリーの瞳と似た色の宝石をたまたま目にし、決意の証として身に着けるようになった。

唇を引き結び黙り込んだヴィクトルに、ロイがおずおずと尋ねる。

「アシュリー嬢に、前世のことを話すつもりはないのですか？」

「それはないな。今世の彼女は教会とは無関係の、善良な男爵の娘として何不自由なく育ってきた。前世を思い出しても、楽しいことはなにひとつない。彼女に辛い思いをさせたくないし――」

そこまで言って、ヴィクトルははぁと深いため息をつき、手持無沙汰に手袋を少しだけひっぱる。

（まぁ、本当はそれだけじゃないんだが）

ヴィクトルが恐れているのは、アシュリーが前世の記憶をすべて取り戻した結果、四度目も同じ選択をすることだった。

ありえないことではない。同じことが三度繰り返されたのだから、四度目がないはずがない。

（彼女に死を選ばせるわけにはいかない）

いくらヴィクトルが彼女を助けようとしても、アシュリーがその手を振り払おうとするのなら、やはり監禁するしかないのだが、今世こそ彼女と幸せになりたいヴィクトルとしては、それは最終手段である。

唯一、ヴィクトルの前世の話を聞かせた従者にも、口に出せば本当になるようなそんな気がして、この推測を聞かせたくなかった。

　ヴィクトルは脳内から嫌な想像を追い払った後、忠実な従者を見つめる。

「そういえば、お前は最初から僕の前世の話を信じてくれたな。おかしいとは思わなかったのか？」

「当たり前です」

　ロイは眼鏡を中指で押し上げながら微笑む。

「あなたは命の恩人で、今の俺があるのはヴィクトル様のおかげです。信じないはずがないでしょう。なによりあなたが俺に嘘をついて、いったいなんになるというんです」

「まぁ、そうだな」

　ヴィクトルは部下の発言に苦笑する。

　ロイは貴族出身ではない。帝国にいたころお忍びで城下に遊びに出かけた皇子から財布をすった少年だった。盗みは大罪で、たとえ十代の少年でも鞭で二十打たれると法律で決まっている。しかも盗んだ相手は皇族だ。帝国市民の権利であるはずの裁判が行われることもなく、百の鞭打ちが決定してしまった。

　だが刑が執行されようとした直前、ヴィクトルが妹と名乗る少女を連れてきて、状況は一変した。彼女は『体の弱い母親の薬代のために兄が盗みを働いたのだ』と涙ながらに訴えたのである。その訴えに感動した皇子は、掏摸(すり)の少年を許したのだった。

ロイが昔のことを思い出したのか、ふっと口元をほころばせる。

「見たこともない女が『兄を許してください！』と泣いているのを見た時は、本当に驚きましたが……ヴィクトル様がこっそりと目配せしてくださった時、これは俺を助けるための芝居なんだとわかりました」

「僕は昔から、あの傲慢で浅慮な第四皇子が大嫌いだったんだ。財布が盗まれるのを、いい気味だと黙って見ていた僕にも責任がある」

そしてヴィクトルは、無罪放免になったあとで帰る場所がないロイを従者にした。

単純に、お忍びの皇族から財布を盗む度胸やその手腕を見て、使えそうな少年だと思った。頭の回転が速く気が利く従者が欲しかっただけなのだが、気がつけば彼はヴィクトルの教えで、どこぞの貴族の子弟のように振舞えるようになった。今のロイを見て、元孤児だと気づく人間はいないだろう。

そしてロイに王国に戻ると告げると『自分も一緒に行く』と言われたので、連れてきたというわけだ。

「僕には三度の前世の記憶がある。最初は教会に仕える聖騎士だった。二度目は帝国の少数民族に生まれ、三度目は辺境の戦災孤児だ。そして僕は、そのいずれの人生でも『彼女』を死に追いやっている」

それを聞いたロイがかすかに眉をひそめる。

「回を重ねるごとにあなたの状況は悲惨さが増しているのに、四度目の人生では王子なんですね」

「あぁ、そうだ。ロイ、お前は本当に頭がいい」

ヴィクトルはふっと笑って、うなずく。

「そこに僕と彼女の、四度の転生の意味があるはずなんだ」

世界のすべては均衡の上に成り立っている。

五百年前、人間が勝ち巨人と竜が滅んだように、この世界は神の持つ天秤の上でずっとバランスを取り続けている。

どちらかに大きく傾いているなら、反対側の秤(はかり)にその原因がある。

(四回目の転生……今度こそ彼女を守る)

誰がどれだけ不幸になろうが、世界が壊れようがかまわない。

そのためならなんだってする。

それから男子寮の部屋に戻ったヴィクトルは、机の引き出しに手をかけた。

手袋越しに魔力が溢れ、なんの変哲もない木の机の引き出しがかすかに淡い光を帯びながら開く。中には一冊の本が入っていた。

それはヴィクトルが物心ついたころ――前世の夢を見始めた時につけ始めた日記である。

誰かに読ませるていで書いているわけではないが、半分は自分の思考を整理するために書いたものだ。

　ヴィクトルは椅子を引いて腰を下ろし、日記を開く。

『状況を整理するためにここに記しておこう。

書くことはいいことだ。頭が整理される。

そして迷った時には読み返せる。素直な気持ちと状況をできるだけ書いておこうと思う。

最初の僕は教会に仕える聖騎士だった。

そこそこの貴族の嫡男として生まれたが、父の後妻に疎まれ、帝国領の山奥のド田舎にある聖教会に赴任を命じられた。

任務は『神々の薪』と呼ばれる名もなき少女の護衛だった。

神々の薪。それは神に仕える巫女のふたつ名だ。

表の祭祀は聖教会の神官が務め、裏の祭祀をたったひとりの巫女が司る。

神々の薪の存在を知っているのは、聖教会の総本山でもごく一部の人間だけだった。

帝都から遠く離れた聖教会で巫女は日々神々への祈りを捧げていた。

そして僕は命令通り彼女を陰に日なたに守り――最終的に殺した。

そう、殺した。

総本山からそうするようにと命じられたからだ。やらなければ僕が殺された。

この儀式は他言無用の秘儀中の秘儀だからだ。

彼女は僕が差し出した杯を受け取り、素直にそれを飲み死んだ』

『二度目の僕は、帝国の少数民族に生まれた。頭と見目が良かったので帝国で職を得ることができた。なんの因果か教会で働くようになり、『神々の薪』と呼ばれる少女の従者になった。

そして彼女を殺した。

一度目と同じだ。教会から命令されて殺した。

二代目の神々の薪は毒が効かない体質だったので、首を絞めて殺すことになった。

そうしないと自分が処罰されるから、そうした。

彼女は一切抵抗することもなく、こと切れた』

『三度目の僕は小さな国の戦争孤児だった。

相変わらず見た目とずる賢さだけは飛び抜けていたので、食いっぱぐれることだけはなかった。

楽してメシが食えるような道ばかり選んでいたら、また教会にたどり着いていた。

三度目の僕は、『神々の薪』である彼女に会った時、すでに懐かしさを感じていた。

この時の自分に前世の記憶はなかったはずだが、彼女のそばにずっといたいと思っていた。

従僕（じゅうぼく）となり、彼女のそばにいた』

一度目の死。

『この杯をお飲みください』

僕が差し出した銀色の杯を、彼女は素直に受け取った。

二度目の死。

『力を込めたらすぐに折れてしまいそうだ』

首に手を回すと、彼女は納得したように目を伏せた。

三度目の死。

『ひと突きで息の根を止めて差し上げます』

僕が頭上に振り上げた煌めく短剣を見ても、彼女はまた、微笑んでいた。

一度目も二度目も、その後の自分が幸せでなかったことを覚えている。

だが三度目の記憶は曖昧だ。

彼女に短剣を振り上げたあとのことを、なにも【覚えていない】。

でも僕が殺したに決まっている。

二度そうしたのだから、三度目もそうだろう。

そして四度目の人生がまた始まっている。王子として生きている。

なぜ、こうなったのか。四度目の僕は考えなければならない。

同じ過ちを繰り返してはいけない。神の灯火聖教会に秘密があるはずだ。

そして『神々の薪』はきっとあの山奥の聖教会にいる。

帝国に行く。国交はあるんだ。王子である僕なら行けるはずだ。

母上を説得しよう』

そこでいったん、日記は止まっている。

ヴィクトルは「――はぁ」と深いため息をつき、日記を閉じてまた引き出しの中に仕舞いこんだ。

そう、少年だったヴィクトルは、この日記にあるように帝国領内にある神の灯火聖教会の総本山目当てに遊学したのだ。

(なのに彼女が王国領にいるなんて、微塵も考えなかったな……)

帝国の僻地(へきち)にあった『神々の薪』である少女と自分が生活していた小さな聖教会は、なくなっていた。文献で調べたところによると、数百年前の戦争で燃えてなくなったらしい。

『神々の薪』はそこにはいなかった。諦めきれず十年探したが、自分がレッドクレイヴの王子として生まれた因縁を考えれば、アシュリーもまたレッドクレイヴで生きている可能性を考えるべきだった。

そして聖教会も血眼になって探しているはずだ。

なぜなら『神々の薪』はこの世界を維持するために必要な装置だから。

（時間がない……アシュリーを早く僕のものにしないと……）

グズグズしていたら、過去三度と同じことになるに決まっている。


「――であるからしてぇ……」

教室では、老年の神学の教師が授業を行っているが、中身は教科書をただ読んでいるだけで退屈極まりなく、いまいち興味を惹かれない。

（だめ……眠すぎる）

アシュリーは眠気を振り払うため意識してインクペンをくるくると指先で弄びつつ、どう頑張っても耐えきれない眠気と闘っていた。

遠くを見て目を覚まそうと、窓の外にちらりと目をやる。

士官学校は街中から少し離れた場所に建てられている。火薬を扱う授業もあるので当然なのだが、周りには本当になにもない。空と山ばかりだ。

（あれがミスラ山脈……よね。かつて暁の巨人と争った魔法使いが、魔法を使った時にできた穴が山になったんだって）

士官学校は森の中にあり、霊峰と呼ばれる山が連なっている。神話でしか知らなかった景色に、入学した当初は胸を高鳴らせたが結局見慣れるものだ。

レッドクレイヴに限らず、ヒアロー大陸のどの国にも竜と巨人が生きた証が残っている。竜の水飲み場だったという湖や、巨人の寝床だったという地下迷宮は今も存在する。

「えぇ……今から五百年前まで、この大陸には多くの竜と巨人、神々が君臨していました。人は矮小で力もなく、竜や巨人から身を守ることもできなかったのです。だが神は人に対抗できる『力』を授けられました。その力を得た人々が集まったのが、神の灯火聖教会の成り立ちです」

教師の言葉がアシュリーの耳を右から左に通り過ぎていく。

「教会からは多くの魔法使いが生まれました。その力はすさまじく、たったの数十年で地上から竜と巨人は消え、それから約五百年、人の世は続いているのです。皆さんはその平和を維持するべく、ここで学んでいるのですよ」

そう、長い年月が経ち、たったひとりで竜や巨人を倒せるような魔法使いはもうこの世には存在しないが、その力は多くの天才によって学問として体系づけられ、今は魔術として残っている。

とはいえ、この力もいずれ必要とされなくなるのだろう。時の流れというのはそういうものだ。

「人の世の平和のために――」

遠くから教師の声がする。

（あぁ――眠い……）

活舌(かつぜつ)の悪い教師の声は、アシュリーの意識をぬりつぶしてゆく。

アシュリーの長いまつ毛がゆらゆらと揺れて、そのまま虹色の瞳を覆い隠してしまった。

（だめ……寝ちゃう……だめなのに……）

左手で頬杖をつき、なんとか目を覚まそうとしたのだが、アシュリーの意識は次の瞬間、ぷつりと途切れてしまった。

＊＊＊

「触るな!!!」

騎士様が血相を変えて私の手の中から便せんを取り上げる。そしてその赤々と燃える夕日に似た瞳で、私をにらみつけた。

「ご、ごめんなさい……」

私は震えながら頭を下げ、つま先を見おろす。騎士様は今朝、帝都から届いたという手紙を受け取ってから、ずっと難しい顔でそれを何度も読み返していた。

(あまりよくない内容なのかな)

気になるけれど、手紙の内容を聞いたところで教えてもらえるはずもないから、黙っていた。

騎士様がこの教会に来てから、すでに十日ほどが経っている。

小さな教会と白い薔薇が咲くお庭。そして私がひとりで暮らしていた小さなおうちの小さな部屋に、騎士様は暮らしている。

いつも不機嫌そうなお顔をして教会の周りを巡回したり、毎日たくさんの手紙を書いたりして忙しそうだ。

神官様だって来たがらない辺境の地に、こんなに立派な騎士様がたったひとりでお役目を果たしに来たのだから、不機嫌になるのも仕方ない。

だから私は少しでも騎士様に穏やかな気持ちで暮らしてほしいと、いろいろお世話を申し出たのだけれど、『自分のことは自分でできる、君はそんなことする必要はない』と拒否されてしまった。

それでも食事の世話だけは、なんとかまかせてもらった。

騎士様を見ていると、なぜか胸の奥がふわふわする。

地に足がついていないような、不思議な感覚。そのせいでうっかりドジも増えてしまったものだから、神官様が今の私を見たら、鞭打ち間違いなしだ。

そんな浮ついた気持ちで騎士様を目で追っていたら、便せんがひらりと床に落ちたから、つい拾い上げてしまった。

そして触るな――と叱られ今に至る。

「内容を読んだのか」

騎士様がうなり声のように低い声で問いかけたから、私はぶんぶんと首を振った。

「あの、ちらっと見ましたけど、私は読めないので……」

その瞬間、騎士様は美しい夕日のような目を見開いた。

「字が、読めないのか……？」

彼がまとっていた刺々しい気配が瞬時に消えてしまった。

「その……本を読んでみたいとは思っていたんですが、神官様が、不要だって……私を惑わせる悪い言葉で、世界は溢れているって……」

もじもじとエプロンを指先でいじっていると、騎士様は信じられないと言わんばかりに頬をぴくぴくさせながら眉を吊り上げる。

「言語道断だッ！」

「ヒッ！」

あまりにも大きな声で、思わずビクッと体が震えた。騎士様はものすごい剣幕で怒り始める。

「道理でおかしいと思ったんだ！　君はいつも貴重な薬を作っているというのに、銅貨数枚で引き換えている！　商人に騙されているな!?　そして大切なお役目を担う君にふさわしくない生活を余儀なくされている！」

「そ……そうですか……？」

なぜ騎士様がこんなに怒るかわからない。

私は神官様に騙されているのだろうか。

なぜ？　私を騙していったいなんになるのか、わからない。

目を白黒させていると、騎士様はグギギと歯ぎしりをしつつ、稲穂のような黄金色の髪に指を入れて、くしゃくしゃとかき回した。

「そうですかじゃないだろう！　自分が騙されていることにも気づいていないのか……！」

「ご、ごめんなさい……」

謝ったところで、騎士様は腰に両手をあてて何度か深呼吸を繰り返した後、なにかを決意したように、私を厳しい目で見おろした。

「よし、僕が君に文字を教える。搾取されるのを受け入れるな。いいな？」

「……」

彼の野いちごのように赤い瞳が、爛々と輝いている。

ぼうっとその美しい目を見つめていると、また騎士様が不愉快そうに頬を引きつらせ始める。

「返事は？」

「はっ、はいっ！」

「僕は厳しいからな。音を上げるなよ」

「はいっ、がんばりますっ！」

こくこくとうなずくと、騎士様は軽くため息をつき、それから無言で私の頭に手をのせて撫でまわす。

彼の愛馬より雑に撫でられている気がしたけど、嫌な気はしなかった。

なにかと怒られてばかりだけれど、なぜか神官様の鞭打ちとは違う、私をまっすぐに見てくれているような気がして、それがたまらなく嬉しかった。

白薔薇の庭の祭壇に夕日が落ちる。

周囲には二十人の高位の神官——枢機卿たちが、儀式が滞りなく終わるのを待っている。

かつてこの世界を創造された神の小さな娘——女神のための祭壇で、私は膝をついて祈りを捧げていた。

「この杯をお飲みください」

差し出された銀の杯。風ひとつないのに、杯の表面が揺れていた。

騎士様の手が震えているのだ。気づかないふりをして無言でそれを受け取ったけれど、結局彼はうつむいたまま、私を見てはくれなかった。

(嫌な役目を押しつけられて……申し訳ないな)

騎士様から差し出される銀色の杯に毒が垂らされていることを、私は知っている。

『神々の薪』

愛する娘である女神を失って、荒ぶる神の魂をお慰めするために私は存在している。

私は女神の分け身として生まれたらしいから、その役目を果たすだけだ。

(騎士様……傷つかないで)

儀式の日が近づいて、あなたは私に怒らなくなった。

無言で私の頭を撫でる回数が増えた。

それでも文句ひとつ言わない。たった数十日一緒に暮らしただけの私に、情けをかけている。騎士様は絶対にそうだと言わないと思うけれど、お人よしだ。

私は大丈夫。そう、本当に大丈夫なんです。

生まれた時から『神々の薪』として、いつか世界のために死ねと言われて育てられて。

ずっと怖かったけど、逃げ出す勇気もなくて。ただ最後の日を待っていた私に、あなたは勇気をくれた。

この世界を守るのはあなたを守ること――そう思ったらすべてが受け入れられるようになったの。

大事な騎士様。

神官様に内緒でこっそりと文字を教えてくれた。本当は優しいあなた。

またいつか、どこかで――あなたのお顔を見れたらいいな。

会いたいなぁ……。

そんなことを考えながら、銀杯に唇をつけて一気に中身を呷る。

その瞬間、跪いていた騎士様が腰を浮かせた。

「どうして、こんなむごいことをやらせるんだ……！」

どうしてと騎士様が叫んだ気がした。

けれどもうそれを確かめることはできなかった。

毒は一気に全身に回り、一瞬で喉が焼け、全身から血が噴き出して。

あっという間に目が見えなくなってしまったから。

「――!!!」

ああ。もう耳も聞こえなくなってしまった。だけどあたたかい。

体の感覚も失ったはずなのに、なぜか騎士様が冷たい床に転がる前に抱きとめてくれたような気がする。

嬉しいな。私を抱きしめてくれる人がいる。

この最後のぬくもりさえ覚えていれば、寂しくない。

ありがとう、騎士様。あなたの生きるこの世界がいつまでも平和でありますように。

＊＊＊

頬をさわやかな風が撫でて、アシュリーは目を覚ました。

間違いなく、授業中に居眠りをしていたのだが、ただ眠っていたと言うにはなにかが違う気がする。

(今のは……？)

それはアシュリーが今まで見てきた、前世の夢の繰り返しではない。初めて見た前世の記憶だった。不思議と懐かしさすら覚える。だがその記憶を確かめようとすると、あっという間に霧散していく。

(待って、メモを……！)

とっさにアシュリーは持っていたペンでノートにその言葉を書き残していた。

『神々の薪』

口の中でつぶやいた次の瞬間——。夢の記憶が砂で作った山のように、さらさらと崩れ落ちてゆく。もうなにも思い出せない。手を伸ばしてもなにもつかめない。かろうじて残った記憶は手元の単語だけ。記憶の切れ端だ。

アシュリーは奥歯を噛みしめながら、手元に唯一残った単語を食い入るように見つめた。

(『神々の薪』。私には名前もなかった。そうだ。私は『神々の薪』だ。そう呼ばれていたんだ……！)

そしてそばには黄金色の髪に深紅の瞳の騎士様がいた。あれはヴィクトルだ。

(でも待って『神々の薪』ってなに？)

それなりに文献を読み、歴史を学んだアシュリーだが初めて聞く単語だった。

前世の自分は教会がらみの仕事をしていたようだが、いったいなにをしていたのだろう。

(夢の中の私は、騎士様——ヴィクトルに申し訳ない、と思っているようだったけれど)

ぎゅっと目を閉じて必死になって考えるが、やはりアシュリーの引き出しにその知識はない。

(でもこれはすごく大事な言葉のような気がする……早く調べなきゃ!)

唇をきゅっと引き結んだ瞬間、

「アシュリー、授業終わってるよ?」

隣に座っていたエマが、ひょっこりと顔を覗き込んできた。

「あ……」

頬杖を外して周囲を見回すと教師の姿はもうなかった。

「ちょっとぼうっとしてたわ」

慌てて笑みを浮かべて、それから真っ白なノートを閉じて教科書をまとめる。

「先生に質問に行ってくる」

「うん、わかった。ほんとアシュリーは偉いねっ」

ニコッと微笑んでエマと手を振って別れる。だが教室を出たところで、いきなりなにかにつまずいてしまった。

「あっ」

なんとか転ばずに体勢を整えたが、持っていた教科書が廊下に散らばる。我ながらそそっかしいと、しゃがみ込んで教科書やノートを拾い集めていると、美しく磨かれたブーツのつま先がノートを踏みつけていた。

「──」

恣意的なものを感じて視線を持ち上げると、そこには内務卿の娘であるハーミアの顔があった。

彼女はつんと顎先を持ち上げて、アシュリーがここにいることなどまったく気づいていない雰囲気で、クラスメイトと楽しそうに話をしている。

(私の足、ひっかけたんだ)

内心、盛大にため息をつきつつも噛みつくつもりはない。

「ごめんなさい、足をどけてくれる？　私のノートを踏んでいるの」

アシュリーは丁寧にお願いしたが、彼女は相変わらずこちらを見ないし、足元は根が生えたかのように動かなかった。

念のためノートを軽く引っ張ってみたがビクともしない。

(……返してくれるつもりもないみたい)

アシュリーは半ば感心しながら、ハーミアを見上げた。

すると彼女も、アシュリーが自分を見上げているのがわかったのだろう。ふふっと笑って優雅に手の甲を口元に添えて微笑む。

「足元に大きなネズミがいるみたい。ちょろちょろとうっとうしいわね」

燃えるような赤毛はレッドクレイヴでは高貴な色として尊重される。チョコレートのような茶色の瞳もきれいだ。黙っていれば美人だし、誰もがうらやむようなご令嬢なのに、どうしてこんなふうに意地悪をするのだろう。

「踏んづけて追い払ったら？」

「あらあら、そんなことをしたらハーミア様のお靴が汚れますわよ」

彼女の取り巻きたちがアシュリーを揶揄してほほほ、と笑い声を上げた。

（とにかく嫌われているのはわかっていたけれど……ヴィクトルがいないといきなりこういうことをしてくるのね）

そう、ヴィクトルは数日前からロイを連れて王都へと戻っていた。なんの用事かは知らないが、明日の朝には戻るらしい。

『僕がいなくて寂しいと思うけど』

『思いません』

旅立ちの朝、そう言われてプイッと顔を逸らしたが、彼は笑って『お土産を楽しみにして』と言って、王宮からの迎えの馬車に乗って行ってしまった。

（彼がいないとあからさまに苛められるのね……）

だがアシュリーは、守ってもらいたいなんて思っていない。前世の自分は『死』すら受け入れていたが四度目の自分は違う。嫌なものは嫌と言える。

血の繋がりのない家族が『大事な娘』として育ててくれた自分が、苛められていいわけがないのだ。

アシュリーは軽くため息をつき、立ち上がった。

「そんなに私のノートが欲しいなら差し上げるわ」

そしてくるりと踵を返し、さっさと廊下を歩き始めた。

背後から「待ちなさい！　誰があなたのノートが欲しいなんて言いました!?」と金切り声がしたが、聞こえないふりをした。

（そういえば、騎士と花売りの少女の小説にも、似たようなシーンがあったわ）

花売りの少女は、騎士の婚約者である令嬢に花を捨てられたり、それはそれはたくさんの意地悪をされる。

当時、小説を読んだアシュリーは黙って苛められるヒロインにもどかしいものを感じていたが、物語にのめり込むたちの母が、瞳をウルウルさせながら『本当になんて意地悪なのかしら！』と真剣に怒っていたことを思い出していた。

黙って苛められるなんて御免だが、母曰くヒロインが健気に苛められているところでヒーローが登場し、意地悪令嬢が成敗されるのを見るのが最高のカタルシスなんだとか。

（お母さまに、会いたいな……）

自分で選んだ進路のはずなのに、両親や家族が恋しいと思ってしまう。

（収穫祭の時期は帰ろうかしら？）

普段は許可なく家に帰ることはできないが、祭りの時期は生徒たちも全員、帰省が許される。アシュリーは寮に残っていようかと思っていたが少し迷いが出てきた。

「アシュリーさんっ！」

悩みつつ歩いていると、背後から声をかけられる。振り返るとクラスの女の子がノートを持って走ってくるのが見えた。

「これ、あなたのでしょ」

「ありがとう。拾ってくれたの？」

感謝の言葉を口にしながら差し出されたノートを受け取る。

「まぁね。ハーミアさんのああいう態度、ちょっとどうかと思うし。そう思ってる子も多いと思うよ」

彼女は軽く肩をすくめると「じゃあね」と踵を返し、立ち去ってしまった。

基本的に遠巻きにされてばかりの自覚があるが、ああやって気にかけてくれる人もいる。ひとりぼっちだと思っても、そうではないのだ。落ち込んでいた気持ちが少しだけ浮上した。

気持ちも新たに教員室へと向かっていると、正面から立派な装束に身を包んだ男の集団が近づいてくる。

(神の灯火聖教会の、神官様……？)

士官学校はその後の就職先として教会という手段もあるので、神官がここにいてもおかしくはない。

アシュリーは廊下の端によって小さく頭を下げる。

顔を伏せているとアシュリーのすぐそばで衣擦れの音が止まった。顔を上げると、年のころは五十代くらいだろうか、美しく整えた髭の男がアシュリーを食い入るように見おろしていた。

「──あの？」

軽く首をかしげた瞬間、神官は「いや……」と口を開き、それからアシュリーと改めて向き合う。

「名前は？」

「アシュリー・リリーローズ・ガラティアと申します、猊下（げいか）」

緋色の衣装は枢機卿の証だ。声をかけてきたのはこの国の『神の灯火聖教会』の最高責任者である枢機卿ということになる。

「年は？」

「十八でございます」

「その瞳は……」

「え？」

確かにオパールに似た虹色の瞳はかなり珍しい。魔導学院でも士官学校でも見たことがない。だが珍しさで言えば、ヴィクトルもそうだ。彼ほどの燃えるような深紅の瞳はふたつとないだろう。

とはいえ、この状況で瞳の色や年齢を聞かれる意味がわからない。枢機卿の意図がつかめず首をかしげると、後ろに立っていた神官たちが「お時間が……」と控えめに声をかけてきた。

「あ、あぁ……」

枢機卿は小さくうなずき、それからアシュリーに「励みなさい」と言ってその場を立ち去った。

「はい……」

本当は卒業後、聖教会で神官として働くつもりだった。だがヴィクトルに無理やり約束させられたこともあって、今はそのつもりはない。

(死ななければいいわけじゃない。こうなった理由……根本的な問題の解決をしないと、意味がないんだわ)

一日が終わり、風呂から戻って寝巻姿になったアシュリーは、ベッドで教科書をペラペラとめくりつつ、教師とのやりとりを思い出す。

『過去の歴史をさかのぼっても、聖教会の役職に『神々の薪』なんてものは存在していないねぇ。もしかしたら聖教会と田舎の土着信仰が交わった結果生まれた、巫女的な存在ではないかな？』

　というのが、教師の答えだった。

（土着信仰の巫女的な存在？　もっともらしい考えだけど矛盾があるわ。だって聖騎士様は、総本山から派遣されてきていたはず。聖教会と関係ないはずがない）

だが何十年もこの道一筋の教師が知らないのだから、教師の誰に聞いても結果は期待できない。

（別のアプローチから調べられないかしら……）

だが学校の書庫以上のところとなるとかなり限定される。それこそ聖教会の総本山がある帝国くらいしか想像できない。

「うーん……」

　いったいどうしたらいいのだろうと、寝返りを打ったところで、ドアがトントンとノックされた。

「――エマ？」

　明日の授業の相談だろうか。ベッドから起き上がってドアへと向かうと、向こうから、

「アシュリー、僕だ」

　女子寮で聞こえていいはずのない青年の声がする。麗しい声は残念ながら間違えようが

ない。ヴィクトルだ。

帰るのは明日ではなかったか。一瞬呆けてしまったが、それどころではない。

「っ!?」

アシュリーは飛び上がらんばかりに驚いてドアまで駆け寄り、できるだけ声を抑えてささやいた。

「どっ、どういうこと!? ここは女子寮ですよ!?」

「人目を盗んできたんだ、そのくらいわかっている。開けてくれると助かるんだが」

ドアの向こうにいるヴィクトルの声は落ち着いていて、いつも通りだ。焦っているのはアシュリーだけらしい。

「なな、なんでっ……もうっ！」

一瞬迷ったが、この状況を人に見られて困るのは間違いなく自分だ。アシュリーがドアノブを引くと同時に、フード付きのマントを羽織ったヴィクトルが、部屋の中にするりと滑り込んできた。

「ありがとう」

ヴィクトルは優雅な手つきでドアを閉め、頭にかぶっていたフードを片手で下ろしながら微笑む。

濃紺のフードの下から、黄金色の髪がこぼれおちる。それから深紅の薔薇のような瞳が愛おしそうにこちらを見つめ、やんわりと細められた。

その瞬間、今日授業中に見た『前世の記憶』が鮮やかに蘇り――。

切株に腰をかけて座る、あのどこか寂しそうで、辛そうな姿を思い出して胸がズキッと痛む。

どうしてだろう。いつものようにこの男に対して憎まれ口を叩こうとしたのに、言葉に詰まってしまった。それどころか目の前の男を抱きしめたいと、彼の柔らかい髪に触れて、慈しんでやりたいと思う。

そうしなければいけない気がして、思わず手を伸ばしそうになった。

「アシュリー？」

異変を感じ取ったのか、即座にヴィクトルがアシュリーの頬に手をのせる。手袋越しの彼の手はまるで壊れ物に触れるかのようで、気遣いを感じた。

こちらを見つめるヴィクトルの深紅の瞳がキラキラと濡れたように輝いている。

「――ヴィクトル……」

前世の夢を見たせいだろうか。なぜかいつもよりヴィクトルが素敵に見えてしまう。目が逸らせない。これは錯覚で勘違いだと自分に必死に言い聞かせたが、アシュリーの胸の奥で、心臓が小さく鼓動を打った。

そうやって見つめ合うこと、数秒。

ヴィクトルがもう駄目だと言わんばかりに、眉根を寄せた。

「アシュリー、そんなかわいい顔をされたら……我慢できなくなる」

「え？　んっ……」

次の瞬間、頬を傾けたヴィクトルの唇が性急に重なっていた。

「んっ……」

彼から距離をとろうとじたばたしたが、あっという間にヴィクトルの舌が唇を割り口の中に滑り込んでくる。あたたかい舌がアシュリーの口の中を這いまわり、蛇のようにからみ、唾液をすすって口蓋を舐め上げる。

「あ、っ、んっ……」

口の中いっぱいにヴィクトルが収まっていて息が吸えなくなってしまう。

なんとか一瞬離れた隙に、

「だ、だめっ……」

と彼の胸を押したが、またすぐに片腕で抱きすくめられてしまった。

「だめだなんて言われても、無理だ。君に見つめられたら、僕は正気でいられなくなるんだ」

「っ……」

そして今度は顔中に、ヴィクトルのキスが降り注ぎ始めた。そして腰に回された彼の右

手がアシュリーの尻をつかみ、柔らかく撫でる。

「っ……」

体がビクッと震えた。思わずのけぞると、ヴィクトルが瞳を甘くキラキラと輝かせながら、無言で笑みを浮かべた。

「あっ、もうっ……！」

困る。死ぬほど困る。心臓がおかしくなってしまう。

ぎゅっと眉根を寄せると、

「ごめん。でもたくさん君に口づけたい」

そして彼の唇がアシュリーの白い喉に触れた。

「好きだ。愛している……」

熱烈な告白に、謎の多幸感まで押し寄せてきて、眩暈がした。

そう――多幸感だ。胸がキューッと締めつけられて、甘いトキメキが止まらない。

(えっ、トキメキ？　いやいや、違うわ。そうじゃない。これは前世の私が騎士様を好きだったから……なんとなく、つられただけで！　えっ、つられてる？　今の私が!?)

好き――。

唐突に湧き上がってきた感情に、また全身が硬直する。

だが同時にアシュリーは理解してしまった。

（そうだ……夢の中の私が……過去三度、彼に殺されていたのは……。騎士様が好きだったから。そういうことなんだ！）

なぜ過去の自分が素直に殺されていたのか、ずっと不思議だった。

だが彼を想っていたのだとすれば納得できる。

いつだって夢の中の自分は【満足】していたから。

辛いとか怖いとか、そんな気持ちはあったはずなのに、彼の手にかかって死ぬことを、それでもいいと受け入れていたのは、前世の自分が彼を好きだったからだ。

（そんなこと、気づきたくなかった、かも……）

そもそも魔術的に、夢で見るという行為は深く相手と繋がることだ。四度目の生を受けた自分は前世とは別だと、完全に割り切るのは難しい。

（そうよ、だから……無視できないのよ……）

長いキスが終わり、アシュリーははぁはぁと息を乱しながら彼を見上げる。

「アシュリー……困り顔もかわいい。もっと困らせたい。贅沢を言えば、ちょっと泣かせたい」

一方ヴィクトルは、相変わらず麗しい顔でアシュリーを満足げに見おろしていた。

とんでもないことを言いつつも、彼の指は優しくアシュリーの頬を撫で、頬に張り付いた髪を耳に掛けたりして、愛おしさを隠さないままだ。

さすがにここまでくると、彼の狂おしいまでの愛情を、殺意と勘違いしていると言い切るのは難しい気がしてきた。

(じゃあどうして、彼は私を殺すの……? 過去の私は、殺したいほど憎まれるようなことを三度も繰り返したの?)

自分の命よりもアシュリーが大事だと、真面目に口にするヴィクトルだ。虫も殺さなそうな麗しい美貌の持ち主ながら、その内面は苛烈である。

その愛を裏切った時、殺されてもおかしくないかもしれない。

(じゃあ四度目も、そうなる……ってこと?)

夢は夢。前世は前世。アシュリーは過去のすべてを受け入れるしかなかった力のない自分とは別の人間だ。頭ではわかっている。

(私と今のヴィクトルとは違う、前世の話よ……! 過去の私がそうだったとしても、今の私はヴィクトルなんか好きじゃないしっ!)

アシュリーは必死で自分にそう言い聞かせ、それから彼の手を頬から外して、一歩後ずさった。

「ところで……その、女子寮にいったいどんな大事な用があるっていうんですか?」

ベッドの上に置いていたショールを肩に羽織り、問いかける。

声は強張っていたが、ようやくいつもの自分に戻れた気がした。

するとヴィクトルはホッとしたように微笑んで、

「急に来てすまない。これをどうしても直接渡したかったんだ」

突然マントの下から、一抱えはあるような大きな箱を差し出した。

いったいどうやって隠し持っていたのだろう。空間が歪んだとしか思えない。不審に思いながらも問いかける。

「なんですか、これ」

「お土産を楽しみにしてくれと言っただろ?」

ヴィクトルは首をかしげるアシュリーにニコニコと微笑みながら、箱をベッドの上に運ぶ。

「ちょっ、ちょっと勝手にっ」

慌てて彼のもとに駆け寄り、毛布の上に置かれた大きな箱を見おろした。いつものようにアシュリーの瞳と同じオパールカラーのリボンがかけられている。

(もう、プレゼントなんて欲しくないのに……)

今欲しいのは『神々の薪』の情報だ。にしてもヴィクトルの言うとおりにしないと彼は帰ってくれないだろう。しぶしぶリボンをほどいて何気なく箱の中を見た瞬間、思わず驚嘆の声を上げてしまった。

「まぁ……なんて美しいの……!」

「だろう?」

ヴィクトルが満足そうに微笑み、ドレスを取り出してアシュリーの前に広げてみせる。

それは銀箔の星がちりばめられたホワイトサテンのドレスだった。たっぷりのチュールと背中に施された細かいプリーツは見事な職人技で、普段それほどおしゃれに興味がないアシュリーでも、息をのむような繊細さである。こんなドレスを身にまとえるのは、ごくごく一部の上位貴族だけだ。

(まるで夜空に浮かぶ星のようなドレス……)

思わず指先で銀の星に触れて、次の瞬間ハッとした。

「で、でも、こんなドレスをいただいても……困るわ。着て行く場所だってないし。さすがにこれは受け取れません」

アシュリーは社交界とは無縁の生活を送ってきた。着て行く場所がないのは本当だ。

ドレスに見とれていた自分を恥じつつ首を振ると、ヴィクトルはニッコリと笑いながらアシュリーの顔を覗き込んだ。

「これを着て、収穫祭の夜に王宮で開かれる舞踏会に参加してほしい」

「は?」

いったいどういう意味だ。軽く首をかしげると、

「言葉通りの意味だ」

ヴィクトルはまるで心でも読んだかのようにそう口にした。

「それは、いくらなんでも」

　王子のダンスのパートナーはしかるべき令嬢がするべきで、自分ではない。

「君が来てくれないと、顔も知らない令嬢たちを一通り押しつけられるんだ」

「そっ、それは王子として仕方のないことでは？　私はなにを言われてもあなたと結婚はできませんので……！」

　そう、仕方のないことだ。彼は男爵令嬢ではなく王子として身分の釣り合った令嬢と結婚するべきなのである。

　頭ではわかっているのだが――なぜか胸の奥がちくりと痛む。

　だがヴィクトルは予想していたのだろう。

「君が踊ってくれないのなら、フロアの真ん中で『僕が踊りたいのはひとりだけだ』と高らかに宣言してしまうかもしれない」

　とぼけた表情で実に恐ろしいことを口にした。

「えぇっ!!!」

　明らかに脅しだ。脅されている。アシュリーは茫然としつつ彼を見上げた。

「だからと言ってあなたの選んだドレスを着て舞踏会に出れば、それはそれで困ったことになる気がするんだけど？」

　アシュリーの当然の抗議に、彼は笑って肩をすくめる。

「最初に踊るのは君だが、その後は波風を立てないように王子らしく振舞う。それにその代わりと言ってはなんだが、君の望みをなんでもひとつ叶えるよ。もちろん、君に愛をささやかないというのはなしだが」

ヴィクトルは軽い調子でそう言い、わざとらしくぱちりとウインクする。ふさふさの金色のまつ毛が鳥の羽根のようにはためくのを見て、ちょっと見とれてしまったがこれも彼の作戦なのかもしれない。

「そんな望みなんて……」

と言いかけてハッとした。ある。彼にしか叶えられそうにない望みがそう言えばあった。

アシュリーはおそるおそる口を開く。

「王宮には昔から古い書物を集めた書庫があるわよね？　そこを使わせてもらいたいんだけど」

士官学校の蔵書よりも豊富となれば、それこそ帝国にある聖教会の総本山か王宮の書庫くらいだ。『神々の薪』のことを調べるには国内でこれ以上最適な場所はない。

するとヴィクトルは「うん……」うなずいて切れ長の目を細める。

やはり難しいのだろうか。

だが確かに王家の書庫ともなればかなり貴重な蔵書があるわけで、王族になんの関わりもない自分が利用するのは許されないのかもしれない。さすがに図々しい申し出だった。

「あの……」

やっぱりもういい、と口を開きかけたところで、

「――わかった」

ヴィクトルは小さくうなずく。

「限られた時間になると思うが、君のために開放しよう」

「いいの？」

自分から言っておいて、ビックリしてしまった。するとヴィクトルも同じことを思ったようで、くすりと笑う。

「確かに王家の大事な遺産だが、わざわざ僕にお願いするくらいなんだ。どうしても調べたいことがあるんだろう」

「そ、それは……」

繰り返される夢から未来を予見して、アシュリーは死を回避するために士官学校に入学した。ヴィクトルに無理やり約束させられた『神官にはならない』だが、そもそも生き残るための手段のひとつとして考えていたことだ。神官にならなくても死を回避できるなら、それに越したことはない。

（離れてみてわかった。私、家族と離れたくないんだ……）

四度目の人生、絶対に理不尽に死にたくないというのがアシュリーの望みだった。

だが家を出て初めてわかった。

拾い子の自分を無条件に慈しんでくれる両親や兄のそばにいられたら、それだけでアシュリーは十分幸せなのだ。

「それがなにかは言えないのが申し訳ないんだけど、調べたいことがあって……。もちろん本は大事に扱うわ」

「君を信じるよ」

もちろん嘘をついているつもりはないが、ヴィクトルはなんのてらいもなくアシュリーを信じるなどと口にする。

この男は過去三度、アシュリーを殺した。

四度目の人生ではこちらの意思を無視してアシュリーに迫り、いやらしい真似をしたりした男だ。だから勘違いしてはいけないのに、こちらを見るヴィクトルの目が優しくて慈しみに満ちているせいか、無性にくすぐったくなってしまう。

(だめだめ、ここで彼にほだされたらまた死んじゃう!)

アシュリーは必死で自分にそう言い聞かせると、

「なら、交渉成立ね」

と、フフンと笑って右手を差し出した。

そう、これは交渉だ。自分の望みを叶えるためにヴィクトルの立場を利用するだけ。

傲慢に見えるように、つんと顎先を持ち上げると、なんとヴィクトルは驚いたように目を見開き、その手を優雅にとって手の甲に口づけてしまった。

「ちょっと!?」

握手のつもりで差し出した手にキスされるとは思わず、慌てて手を引いたのだが、そのままヴィクトルはふふっと微笑んでさらにその手をひっぱり、アシュリーの腰を抱き寄せる。アシュリーが着ているのは、寝巻きの薄物一枚だ。ヴィクトルの腕の中にすっぽりと閉じ込められて、言葉を失う。

「ちょっと、ヴィクトルッ……抱きしめないで、距離をとってっ……」

彼と淫らな行為にふけった医務室のことを否が応でも思い出され、全身が火をつけられたかのように熱くなってゆく。

(また、あんなことをされたら、私……また、おかしくなっちゃう……!)

体を強張らせたアシュリーをなだめるように、ヴィクトルの唇がアシュリーのこめかみに触れた。

「ごめん、嬉しいんだ。だって、笑ってくれたから」

「えっ!?」

いったいなにが嬉しいのかと身じろぎすると、

「アシュリーが面と向かって笑顔を見せてくれたのは、初めてだな」

と、ヴィクトルが切なそうに微笑んだ。

笑顔を見せたのが初めて――。

「えっ、ええっ……？」

まさかと思いつつも、自分を振り返る。

確かにアシュリーは、彼の前でずっとツンケンしたりぷりぷりと怒ってばかりだったような気がする。もちろん大半はヴィクトルのせいだとは思うのだが、必要以上に当たりが強かったのも事実だ。

「それはその……ごめんなさい」

人として間違っていたかもしれない。そんな気持ちで謝罪の言葉を口にしたが、ヴィクトルはゆるゆると首を振った。

「いや、いいんだ。君の笑顔が見られて嬉しいだけだから。大好きだよ、アシュリー」

そして軽く頬にキスをすると「おやすみ」と言って、フードをかぶり踵を返して部屋を出て行ってしまった。

「なっ、なっ……」

ヴィクトルの触れた唇の感触はいつまでも熱を持っていた。全身に広がる熱を抑え込みたくて、思わず左手で頬を押さえる。

いきなりやってきて、そして風のように消えてしまった。まるでつむじ風だ。

（普通に出て行ったわ……）

大丈夫なのかとこっそりとドアから顔を出して周囲をうかがったが、ヴィクトルの姿はもうなかった。

なぜ気づかれないのかわからないが、とにかく誰にも見つからなくてよかった。

「もう……滅茶苦茶なんだから」

だが王宮の書庫に入れることになったのは僥倖だった。ホッとしつつ胸に手を当てる。とくとく、と心臓の鼓動が手のひらに伝わってきて、息が苦しい。

ふと、ベッドの上に置かれたドレスに目をやる。

窓から差し込む月の光に照らされたドレスは、夜空で瞬く星のように輝いていた。

おしゃれが大好きな母を見ていたからわかる。あれは既製品ではない。アシュリーのためにあつらえたドレスだ。かなり前から注文していたのだろう。

「ドレスなんて……」

口ではそう言いながらも胸が弾んでいるのは否定できない。普通の女の子のように、自分が舞踏会に行ける日が来るなんて思いもしなかった。

「――王室の書庫が目当てなだけだし」

わざわざ口に出したのは、ちょっとだけ、彼が用意したふたつとない美しいドレスを着てみたいと思う気持ちから目を逸らしたかっただけかもしれない。

四章 「収穫祭」

「ねぇあなた、私たちの娘はやっぱり花の妖精ではなくって!?」

「うんうん、本当にそうだね。ドレスなんていらないと言っていたお前の、こんな美しい姿が見られるなんてねぇ……」

収穫祭の初日。ガラティア邸の化粧室で、ヴィクトルから贈られたドレスを身にまとい椅子に座っているアシュリーを見た両親は、今にも泣き出しそうに目を潤ませた。

特に母は普段めったに着飾ろうとしないアシュリーが『王宮の舞踏会に行く』と帰って来たものだから、先祖代々大事にしていたアクセサリーや、最近王都で流行しているという化粧品をかき集め、アシュリーを着飾ることに夢中になっている。

「奥様、ドレスにはこちらの手袋を合わせましょう～!」

「ええ、お嬢様の真珠のようなお肌にぴったりですわ!」

メイドたちも母と同じで、はしゃぎまわっている。屋敷の中が一番のお祭り騒ぎだ。

（まぁ、今日から収穫祭だし盛り上がるのも仕方ないんだけど……）

アシュリーははぁ、とため息をつきつつ、鏡の中の自分を見つめた。

「大胆すぎないかしら？」

アシュリーとしては普段まったく出さない胸元や肩が出ていることに抵抗があったが、母は張り切って、アシュリーのデコルテに、わざわざ有名化粧品店から取り寄せたという粉を、たっぷりとはたかせた。なんでも珍しい結晶を砕いて混ぜたもので、光を浴びることで細かい粒子が肌を真珠のように輝かせるらしい。

「そんなことないわ、アシュリー。殿下はあなたの良さを、本当によくわかっていらっしゃると思うわっ」

そして母はうっとりしたようにドレスの裾を手に取り、目を細める。

銀箔の星が縫いつけられた大きく肩が開いたドレスは、王宮で開かれる舞踏会にふさわしい気品と優雅さを兼ね備えている。

「アシュリーのことを考えてお仕立てくださったんだろうね」

父が言うと、母も首がもげそうなくらい深くうなずいた。

「この銀箔の刺繍、きっと帝国製ね。王宮の大広間のシャンデリアの下に立てば、どれほど光り輝くかしら～。こんなドレス、王女殿下だって持っていらっしゃらないわよ。アシュリーの黒髪がさぞかし映えることでしょうね～。はぁぁ……王宮で見られないのが本当に残念よ」

　男爵位では王宮で開かれる舞踏会には呼ばれない。アシュリーが頼めばヴィクトルは両親に招待状を送ってくれただろうが、それは逆に問題を大きくするだろう。アシュリーは結婚する気はないし、両親を宮廷内の権力争いに巻き込みたくはない。

「今、目に焼きつけて」

　アシュリーが冗談めかしてそう言うと、両親も笑ってうなずいた。優しい空気が広がっている。久しぶりに家族に会えて本当に嬉しい。心がぽかぽかと温かくなっているのを自分でも感じていた。

（それにしても、本当に親ばかなんだから）

　両親は昔からこういう人たちだったが、今日はいつもの十倍褒め言葉が多い気がする。まるで花嫁衣裳を目にしたような雰囲気でもあり、少々気まずくなったアシュリーは釘を刺そうと、鏡越しに背後に立つ両親に訴える。

「あまり大げさにとらえないでね」

　だがその言葉を聞いて、母はキッと目に力を込め唇を引き結んだ。

「大げさもなにも、あなたのために殿下がドレスをあつらえてくださったなんて、これはもう一大事に決まっているじゃない……！　まぁ、アシュリーはかわいくてきれいだから、着飾ったところを見たいという殿下のお気持ち、私はよくわかりますけれども」

　母はそう言って、自らアシュリーの細かく波打つ黒髪に丁寧にブラシをかけ始める。

　本来なら身支度はメイドたちの仕事だが、趣味が人形のお洋服作りということもあり、こういったことが大好きなのだ。サイドの髪を細かく編み込みながら、メイドが差し出すダイヤモンドが付いた飾りピンを刺しつつ言葉を続ける。

「それでアシュリー、殿下とのことだけど……本当に一曲踊るだけなの？」

　王宮に勤めるモーリスもいる。当然、両親の耳にヴィクトルがアシュリーに執心しているという噂は耳に入っているのだろう。しかも今まで一度も社交的な場所に顔を出さなかったアシュリーが、殿下から贈られたドレスを着て舞踏会に参加する。気になるのも当然だ。

「それだけよ。お父さまとお母さまに迷惑をかけるようなことにはならないわ。安心して」

　歴史はあるが権力も金もないガラティア家で、娘が王太子妃になるなど百害あって一利なしだ。

　アシュリーは両親に鏡越しにふふっと微笑みかける。

　てっきり父も肯定してくれると思ったのだが――。

「確かに困ることは多いだろうけど……殿下はお前を守ってくれるんじゃないかな」

と、不思議なことを口にした。

「え？」

守るとはどういう意味だろう。すると父は首をかしげるアシュリーを気遣うように兄とよく似た優しげな瞳を細めながら口を開いた。

「とにかく……私たちに迷惑をかけるなんて、娘のお前が気にすることではないよ。親はいつだって子供の幸せを願っているんだからね」

「お父さま……」

父の優しい言葉に胸を突かれる。

両親が平凡な幸せを手にしてほしいと願っている一方で、自分は家族には内緒で聖教会の神官になろうとしていた。

四度目の人生こそ、死にたくないから——。

社交界デビューすらせず魔導学院で学ぶことを選び、士官学校入学だって反対しなかった両親は、アシュリーの気持ちを優先してくれるだろう。きっと今まで以上に寂しがらせてしまう。今までそうするしかないと思っていたのに、今は苦しい。

「ええ、ありがとう……」

両親の優しさに甘え、本心すら伝えていない自分をずるく感じて、アシュリーは思わず鏡から目を逸らしてしまった。

そうして準備を着々とこなしているところでメイドが、

「旦那様」

そうっと父に何事かを伝える。ふんふんと話を聞いていた父は、表情を一変させた。おっとりした父らしからぬ厳しい顔だ。

「私が行こう」

「――あなた？」

アシュリーの髪を丁寧にブラッシングしていた母が、不安そうに顔を上げた。

「大丈夫だよ」

そして父は慌てた様子で部屋を出て行った。

「どうしたの？」

何事かあったのかと母に尋ねると、母は慌てたように首を振る。

「な、なんでもないのよ～。たぶん、ほら、いつものお前を誘いに来たどこかの青年じゃないかしらっ！」

「そう……」

収穫祭の時期は、毎年屋敷に溢れるほどの白薔薇が届く。それ自体はおかしなことではないのだが、なんでもないと言いながら、落ち着かない様子で視線をきょろきょろさまよわせる母の態度が気になった。

母は嘘が下手だ。父同様、人が良すぎてそういうことに慣れていないのだ。

（なんでもないようには見えないけど……）

アシュリーは怪訝そうに眉をひそめつつ、ちらりと窓の外に目をやった。

王都のガラティア家の邸宅は、一応貴族ではあるけれど大邸宅というほどではない。そこそこの慎ましやかな屋敷に家族で仲良く住んでいる。なので部屋から門も近く、父が誰と対応しているか、自身の目で確かめることができた。

（あの馬車は……）

父は門の外に出て、馬車の中に向かって身振り手振りを交えながらなにかを語りかけている。

相手は誰だろうと目を凝らすと、豪華な黒塗りの馬車に紋章が描かれているのに気がついた。蝋燭の意匠は『神の灯火聖教会』のものだ。

教会の馬車が我が家にやってきたのだろうか。なぜ、と思ったところで、馬車は父をその場に残し、そのまま屋敷から離れてゆく。

「お母さま……」

母は父同様、顔を強張らせ窓の外を注視していた。アシュリーの声は耳に届いていない。普段はのほほんとしている両親の姿しか見たことがなかったので、これ以上踏み込むのを躊躇してしまった。

部屋の中に微妙な間ができたのは一瞬で、どたばたと足音を鳴らしながら父が戻ってくる。彼はアシュリーと妻の顔を見ると、パッと表情を明るくして困ったように後頭部を手のひらで撫でつつ肩をすくめた。

「いや〜！　寄付金を募っておられるみたいでね！　我が家に来られても余裕はないからと謝ってお帰りいただいたよ、アハハ！」

「そうだったの」

母も笑ってうなずき、そして馬車の話題は何事もなく流されてしまった。

(確かに、お祭りの時期は寄付金を募る大事な時期でもあるけれど……)

黒塗りの馬車は明らかに身分が高い人が乗るものに思えたが、両親が追及されたくなさそうなので問い詰めることはできなかった。

(私だって、言えないことはたくさんあるもの……)


アシュリーが牡鹿の紋章が入った馬車から降りると同時に、それまで歓談していた貴族たちが一斉にざわめいた。

「おい見ろよ。あれは……アシュリー嬢じゃないか？」

「ああ、間違いない。本物だ……」

「あのドレス、なんて素敵なの。殿下との噂は本当だったのね」

その場にいた貴族たちは、信じられないものを見るような目でアシュリーを凝視したが、アシュリーはそれどころではない。

(転ばないように気をつけなくちゃ……!)

普段は履かないような細いヒールで歩くのは難易度が高い。転んでドレスを破ったりしたら大変だと、死ぬほど緊張していたのだ。いつもは気になりすぎるほどの他人の視線も、まったく気づかなかった。そしてなにより大玄関から大広間へと足を踏み入れ、その圧倒的な景色に一瞬で目を奪われる。

「すごい……!」

吹き抜けの天井には美しい宗教画が描かれており、水晶で作られた煌びやかなシャンデリアが吊り下げられ、キラキラとまばゆいばかりの光を放っている。大理石の床は複雑なタイル模様で、鏡の代わりになるのではないかと思うくらい磨き上げられ、着飾った貴族たちがたむろしていた。

(どこもかしこもピカピカで、目がちかちかするわ……)

これまで社交の場に一切出なかったアシュリーは、王都の屋敷と田舎のガラティア領しか知らない。目に映るなにもかもがまるで物語かお芝居のようで、あっけに取られてしまった。

そうやってドキドキしつつ歩いていると、どこからともなく貴族の青年が早足で近づいてきて、うやうやしく一礼する。

「アシュリー・リリーローズ・ガラティア嬢。よければ私に『暁の間』までエスコートさせていただきたい」

暁の間はレッドクレイヴ城の大階段を上った二階にあり、舞踏会の場として使われる広間である。

アシュリーが王子の招きでここに来ているのは貴族の間では周知の事実だが、広間まではアシュリーを独占したいのかもしれない。もしくは単純に目立つことが目的か。

あのアシュリー・リリーローズ・ガラティアの手を最初に取ったのは自分だと喧伝するのは、確かに若い貴族の青年にとって『気持ちがいい』ことだろう。

「えっと……？」

一瞬迷ったが、こういう場では確かにエスコートをしてもらったほうがいいのかもしれない。

手を取ろうかと悩んだ次の瞬間、

「お待ちください！　その栄誉は私に……！」

周囲にいた貴族たちが、それこそ老いも若きも怒濤の勢いで集まってきて、あっという間に取り囲まれてしまった。

「私が先にお声がけしたんだ！」

「待て、身分からして僕のほうがふさわしいだろう！」

砂糖菓子にたかる蟻のような勢いに押され、アシュリーは階段の途中で身動きがとれなくなってしまった。

（ちょ、ちょっと、怖い……かも……やだ、どうしよう！）

アシュリーは王宮の書庫を見せてもらうという条件で、ヴィクトルと一曲踊るためだけに登城したのだ。貴族たちの自己顕示欲のための道具ではない。

やはり無理を言ってでも、兄に広間までエスコートしてもらえばよかったと唇を噛んだ次の瞬間、

「おい、押すなよ！」

若い貴族の青年が背後から押されて、さらにアシュリーにぶつかった。

「あっ……！」

押された拍子に靴の踵が階段を外れる。普段のアシュリーならとっさに手すりをつかめたはずだが、着慣れないドレスのせいで手足がもつれてしまった。体勢を整える暇もなく、体がふらりと背後に傾いた。

（落ちる……！）

ぎゅっと目をつぶったところで背中が抱きとめられ、体が前につんのめる。

「……っ!?」

　驚いて顔を上げると、

「――君が見えなくて、焦った」

　肩で息をしているヴィクトルが、ホッとしたように微笑んでいた。

「アシュリー、間に合ってよかった！」

　そして彼の後ろにはエマが立っている。

「ヴィクトル……と、エマ？」

「あたしがアシュリーを発見して、殿下を呼んできたんだよ～！」

　薄いブルーのドレスを身にまとったエマは、えへへと得意げに笑って、アシュリーをうっとりと見つめる。

「それにしてもアシュリー、本当にきれいっ！　ドレスのチョイスも完璧！　さすが殿下です～！」

「だろう。さすが僕だな」

　エマとヴィクトルがアシュリーを挟んで楽しそうにキャッキャと声を上げている。

（このふたり、私のことで仲良くなっている気がする……）

　とはいえ助かったのは事実だ。のほほんとしたふたりに複雑な気持ちになりながら、改めてヴィクトルを見上げた。

今日の彼はまた格別に美しかった。

いつも下ろしている黄金色の前髪は後ろに撫でつけられており、深紅の瞳がシャンデリアの下で煌々(こうこう)と輝いている。ブラックシルクの上衣の前を大きく開け、たっぷりの刺繍で宝石が縫いつけられたウエストコートの首元は、複雑な形で巻かれたクラバットが華やかだ。瞳の色に合わせた大きなルビーのブローチと国の花である白薔薇が胸元で輝いている。

士官学校の制服ですら麗しいことこの上ないと思っていたが、舞踏会の彼は目が覚めるような美しさだ。

今更ながら、この男がレッドクレイヴのたったひとりの王子だということを思い知らされたような気がして、学校にいる時のように憎まれ口が出てこない。これがカリスマというものなのだろう。

「殿下！」

ヴィクトルの登場に、それまでの熱狂が一気に霧散する。夢から覚めたかのように男たちが身を引いた。ヴィクトルはアシュリーを片腕で抱いたまま、彼らを振り返る。

「君たちには悪いが、アシュリーのエスコート権は僕のものだ」

穏やかに微笑んでいたが、深紅の瞳の奥がひとつも笑っていないことに、その場の誰もが気がついていた。おそらく魔力云々ではなく貴族社会で生き抜く本能のようなものだろう。

「申し訳ございませんっ……」

彼らは慌てたように深々と頭を下げた後、いち早くドレスをつまんで道を作るエマに倣い、ヴィクトルとアシュリーのために一歩ずつ引いてゆく。

そこでようやくヴィクトルはアシュリーの腰から手を放し、改めて腕を差し出した。

「お手をどうぞ」

間違いなく、その場にいた全員がアシュリーとヴィクトルを見つめている。

想像の百倍は目立っている。本当にここに来てよかったのかと迷いが生じたが、今更だ。

「──ええ」

アシュリーは小さくうなずいて、彼の手をとった。

「ロイを屋敷に迎えにやったんだが、入れ違いになったみたいだな」

階段をのぼりながらヴィクトルが肩をすくめる。

「そうだったの？」

「まさか君がひとりで王宮に乗り込んでくるとは思わなかった。案の定、大さわぎになっているから驚いたよ。エマから聞いて笑ってしまった」

「乗り込んでくるって……。その言い方、まるで私が山賊みたいじゃない」

アシュリーが唇を尖らせると、ヴィクトルはクスッと笑う。

「君みたいな山賊なら大歓迎だな。僕は大人しく攫われて、楽しく山奥で暮らす」

「そんな暮らし、王子様には無理に決まっているでしょ」

ヴィクトルの軽口に、男たちに取り囲まれて身の危険を感じたのが嘘のように、気持ちが軽くなっている。

「そうかな。僕は君が一緒なら、すべてを捨てたってかまわない」

そう言うヴィクトルの表情は、とても静かで落ち着いていた。

すべてを捨ててもいいなんて冗談だ。わかっているが、なぜか本気で彼がそう思っている気がして、胸がひやっと冷たくなる。

(一国の王子が、そんなことできるはずがない……)

だが一方でこの男ならやりかねないと感じてしまう。

世間を知らないボンクラ貴族令息ならいざ知らず、幼いころから神童と呼ばれ、帝国に十年も遊学して政治のなんたるかを理解しているくせに、なんの後ろ盾もない男爵令嬢を妻にすると口にする。

(この人が……私を好きだなんて)

ヴィクトルといると、いつも心が忙しくなる。落ち着かなくて、ソワソワして、当たり前にやっているはずの息の吸い方すら忘れるような、そんな感覚。

殺されるから絶対に近づきたくないと思うのに、いざ彼にそばに近づかれると、目が逸らせなくなるし、無視もできなくなる。

(前世の私は……この人を好きだった。だから、死を受け入れた)

三度同じことがあったのだ。四度目がないわけがない。

でも――。おそるおそるヴィクトルを見上げる。

「ん？」

するとヴィクトルが、軽く目を細めて首をかしげる。

実り豊かな黄金色の稲穂に似た、くせのない金髪がサラサラと揺れて、その奥からルビーの瞳が覗いた。その瞳は穏やかにアシュリーを見つめている。

ヴィクトルは滅茶苦茶な男だ。だがその一方で、こんな目で……愛おしくてたまらないといわんばかりの庇護(ひご)欲(よく)全開でこちらを見つめてくるのだ。

好きになったらどうしよう。

もう引き返せないところまで来ている気がして、その瞬間、頭に雷が落ちるような感覚を覚えた。

怖い。この男から目が逸らせない、無視できない自分が怖い。

もう自分は彼を好きになっている気がして、恐ろしくてたまらなくなった。

(いやよ……死にたくなんか、ない……！)

ヴィクトルはアシュリーのことを『自分の命よりも大事』だと言い切っていた。

恋をすると、人を好きになると、自分のことなどどうでもよくなってしまうのだろうか。

一番大事なのは自分の心、体、命のはずだ。

自分より他人が大事だなんて、アシュリーには理解できなかった。

「アシュリー、着いたよ」

自分の世界に浸っていたアシュリーは、彼の言葉に顔を上げる。

『暁の間』に足を踏み入れた瞬間、弦楽器の音色がより一層華やかに鳴り響いた。一斉に自分に向けられた好奇の視線に、アシュリーの頭が冷えていく。

(私ったらなにを考えているのかしら。ここに来た目的を忘れちゃだめ)

『神々の薪』を調べるために、王宮の書庫に入れてもらうのだ。

「ヴィクトル」

「ああ、わかっている」

ヴィクトルは小さくうなずいて、アシュリーの右手をうやうやしく取り、フロアの中心へと向かう。王子たちの登場に気づいた楽団が美しいワルツを奏で始めた。その旋律に耳を傾けつつヴィクトルを見上げる。

「私、家の中で兄と父としか踊ったことがないの。足を踏んだらごめんなさい」

一曲だけなら踊ってもいいと受け入れたが、彼に恥をかかせることになるかもしれない。

だがその言葉を聞いて、ヴィクトルはふっと柔らかく微笑み、手をアシュリーの腰に添え、美しいターンとともに向き合う形になる。

ヴィクトルがアシュリーのためにあつらえたドレスの裾がふわりと広がり、白薔薇のように広がった。

「大丈夫。僕はダンスも得意だ。だから安心して身を任せてほしい」

上品でありながら自信に満ちた深紅の瞳に、一瞬吸い込まれそうになる。この男にできないことなど、なにもないのかもしれない。

「すごい自信ね」

皮肉ではない。本当にそう思ったのだ。

するとヴィクトルは深紅の瞳を細めながら軽く肩をすくめる。

「僕の力でどうにもならないのは、君の心だけだ。さぁ、踊ってくれ、アシュリー。僕はこの日をずっと夢見ていたんだ」

そしてヴィクトルは最初の一歩を音楽にのせて踊り始める。アシュリーの体もつられるように動いていた。

ヴィクトルのダンスは、確かに完璧なリードだった。かつて何度も兄や父の足を踏んだはずのアシュリーのつま先は、ただ軽やかにフロアを滑り、母によって丁寧に櫛けずられた黒髪は風をはらんでふわふわと舞い、銀の星を縫いつけたドレスは薔薇のように広がった。兄も相当な身体能力の持ち主だが、レベルが違う。まるで魔法でもかけられたかのようだ。

アシュリー自身、相当な努力を積み重ねてきたつもりだが、ここまで来たら嫉妬の対象にもならない。

「本当になんでもできるのね……」

思わずつぶやくと、彼はふっと微笑む。

「そう見えるだけだ」

どこか寂しげな空気を孕んだヴィクトルに、彼の孤独を垣間見た気がして、アシュリーは一瞬、言葉を失ってしまった。

暁の間には何十人もの貴族がいて踊っていたが、自然と皆がふたりのために場所を作り、誰もが足をとめ、金色の髪をした王子と黒髪の令嬢のダンスをうっとりと見つめている。

そうやってしばらく音楽に身をゆだねていたが、おかしなことに気がついた。

ヴィクトルと踊るのは一曲と伝えていたはずだが、その一曲がいつまで経っても終わらない。

(おかしい……。もう三曲分くらいは踊っている気がする)

異変に気づいたアシュリーがヴィクトルを疑いの目線で見上げると、彼はもう隠しきれないと思ったのだろう。

「この曲は『恋人たちのワルツ』と言って、少しでも長く愛する人と踊っていたい……そんな願いが込められた曲なんだ」

要するに普通のワルツより長く作られている曲、ということらしい。いたずらっ子のようにウインクをするから呆れてしまった。

「そんな曲があるなんて知らなかったわ」

「僕が宮廷音楽家に突貫で作らせた曲だからな」

「えっ？」

「君と少しでも長く踊りたいと願う男の苦肉の策だよ」

アシュリーの右手を軽く握ったヴィクトルは、そう言ってまた優雅に微笑み、アシュリーの体を引き寄せ金色のまつ毛を瞬かせる。

（やられた……）

まさかアシュリーと一曲踊るために、曲を作らせるとは思わなかった。いや、そのくらい想像するべきだった気もする。やはりこの男はやれることはなんでもやってしまう男なのだ。行動力がありすぎる。

「――はぁ」

ターンしながらため息をつくと同時に、ヴィクトルがニコッと笑って顔を近づけた。

「そろそろ僕の気持ちを受け入れたらどうだ。楽になれる」

「無茶を言わないで」

彼の気持ちを受け入れるということは、死に近づくことだ。

自分の中にある揺れる気持ちを否定するため、アシュリーとしてはきっぱりと言い返したつもりだったのだが、ヴィクトルは傷ついたふうでもなく「手ごわいな」と微笑むばかりだった。

長いダンスがようやく終わりを迎える。ヴァイオリンの余韻に浸りながら、アシュリーはヴィクトルのリードに身を任せ、足を止めた。そして目の前の王子に向かってドレスをつまみ、軽く裾を持ち上げながら優雅に一礼する。

少し息は上がっていたが、嫌な気はしなかった。むしろ高揚感とちょっとした疲れが複雑に入り混じって、さわやかな清涼感すら感じている。こうなるとちょっと楽しかったな、と思う自分もいて、まんまと彼の策略にのせられたような気がしないでもない。

「アシュリー、僕のわがままに付き合ってくれてありがとう。楽しかった。誰もが君に見とれていたな」

こちらを見おろすヴィクトルの言葉に、アシュリーはゆっくりと首を振った。

「殿下にこのような機会を設けていただいたこと、感謝いたします」

社交の場に一切顔を出さなかったことを後悔したことはないが、家族は常々アシュリーをお披露目しろと詰め寄られていたらしい。

『お前は見世物じゃない』

兄はそう言って慰めてくれたが、肩身の狭い思いをしたことは一度や二度ではないはずだ。お披露目というわけではないが、こうやって王子と正式な場所でダンスを踊ったことで、多少は他人の興味も減るだろう。

よかったよかった、などと考えていると、

「いや、そうはならないのでは？　僕と踊る君を見て、君に恋をした男はたくさんいるはずだ」

と、ヴィクトルが妙に真面目な表情で言い放つ。

「えっ！」

まさか口に出していただろうかと目をぱちくりさせると、

「別に君の心を読んだわけじゃないが、そういう顔をしていた」

「ほ、ほんとに読んでないんですか……？」

そんなことができるはずがないと思ったが、ヴィクトルは微笑する。

「顔に出やすいからわかる」

「私が？」

お高くとまっているとか、無表情、不愛想と言われることはあっても、顔に出やすいなんて初めて言われた。アシュリーが戸惑っていると、ヴィクトルはふっと表情を緩め、アシュリーの手を取り指先にキスを落とした。

「僕は君をいつも見てるから」

そしてヴィクトルは少しだけ無言で考え込んだあと、ゆっくりと口を開いた。

「さて、約束を果たさなければな。ロイに書庫まで案内させよう」

「あ……ありがとう」

今日はそのためにお城まで来たのだ。

だからこれでいいのだが、なんとなく離れがたい気持ちになっている自分にアシュリーは気づいていた。

(きっと、生まれて初めての体験に舞い上がっているんだわ)

素敵なドレスに、美しく飾られた王城。音楽に合わせて踊る人たち。すべてがキラキラと光って見えて、まるで夢物語のようだから。十八でようやく外の世界を知れた気がしているのだろう。夢は夢でしかないというのに。

「本当は僕が君を案内したいんだが」

ヴィクトルがムムム、と困った顔をして顎のあたりに指を添える。

「そうはいかないでしょう？　殿下と踊りたい方はたくさんいます」

そしてそれが彼の仕事だ。

「――そうだな」

ヴィクトルは小さくうなずくと、胸元に飾っていた白薔薇を抜き取りアシュリーの髪に差し込んだ。ふわりと鼻先に薔薇の匂いが香る。こめかみのあたりに触れたヴィクトルの指先の感触に心臓が跳ねた。

　贈られた白薔薇を飾るのは、ダンスのパートナーを受け入れた証だ。

「白薔薇……」

　アシュリーは白薔薇が苦手だった。好き嫌いに理由も根拠もないと思っていたが、今は少し違う。ヴィクトルとダンスを踊ったせいだろうか。気持ちは落ち込まず、髪に飾られた白薔薇を疎ましいとは思わなかった。

「順番が逆になってしまったが、君に白薔薇を贈りたかった。突っ返さないでくれると嬉しい」

　彼は冗談めかしていたが、さすがのアシュリーもここで拒否することはためらわれた。

「受け取るわ。もう踊ってしまったし」

　小さな声で返事をすると、ヴィクトルがホッとしたように目を細める。

「アシュリー、ありがとう。君と踊れてよかった」

　こちらを見つめるヴィクトルの眼差しが熱い。

　彼にはとてもいやらしいことをされているのに、なぜか薔薇を髪に飾られている今のほうがずっとドキドキしている。

（そうよ、これは人として……そう、人としての品性の問題なのよ。だから受け取った。

それだけ、だから……！）

　必死に自分に言い聞かせていると、間もなくして、人々の間を縫ってロイが近づいてきた。

「ロイ、彼女を書庫に案内してくれ」

「畏まりました」

　ロイは中指で眼鏡を押し上げ、アシュリーの手を取りフロアから離れる。アシュリーは思わずヴィクトルを振り返っていたが、彼はもう人込みに紛れて姿を確認することはできなかった。

　王宮内の書庫は三階にあるという。大きな螺旋階段をのぼっていく途中、ロイの背中に声をかける。

「ロイ、面倒をかけてごめんなさい」

「お気になさらず。殿下のご希望が叶えられて本当によかったです」

　そして彼は肩越しに振り返り、眼鏡の奥のすっきりした瞳を軽く細める。

「ヴィクトル様はあなたを心から想っています。あなたがなにを心配しているのか、俺にはわかりませんが……殿下を信じ、その想いを受け止めてほしいと俺は願っています」

「ロイ……」

　ロイの声色は平坦だったが、どこか思いやりを感じた。

るだろう。もちろん言えるはずがないのだが。


前世で彼に三度殺されているから受け入れられないのだと言ったら、彼はどんな顔をするだろう。もちろん言えるはずがないのだが。

だがロイは黙り込んだアシュリーに答えを求めているつもりはないようだ。大きなドアの前に立つと、ポケットから鍵を取り出して解錠する。

「舞踏会が終わる前にお迎えに上がります」

「わかったわ。ありがとう」

礼を言って書庫の中に入る。背中でドアが閉まる音がした。ようやく王宮の書庫に来れたのだ。緊張しつつ天井までびっしりと本が詰まった書庫を見回す。

約束の時間まで数時間は確保されていた。きちんと分類されているはずなので資料をあたるのにそれほど困らないだろう。

「よしっ……」

アシュリーは目当ての本を探して勢いよく歩を進める。机の上に大量の本を積み、気合を入れて本を広げた。


暁の間には公爵令嬢や辺境伯令嬢——国中の美姫と呼ばれる美姫が集められていて、かわるがわるダンスを踊ったが、誰ひとりヴィクトルの印象には残っていなかった。

ちなみに内務卿の娘であるハーミアもいた。彼女は赤い髪によく似合うたっぷりのレースとフリルを使った深緑のドレスを身にまとっていて、ひときわ周囲の目を引いている。

アシュリーが出席していなければ、おそらく彼女がこの国で一番美しいと言われていただろう。だが今日この王城でヴィクトルと踊るアシュリーを見て、誰もが『ヒアローの白薔薇』は存在したのだと確信したはずだ。もちろんアシュリーの美しさは外見だけではないのだが、少し誇らしい気持ちになった。

あらかたの令嬢とダンスを終えたあと、広間の一段高いところで舞踏会を見つめていた女王に呼ばれる。母メアリーの隣には内務卿親子が立っていた。

「最後のダンスはハーミアになさい」

やはりハーミアが王太子妃の最有力候補らしい。

「殿下、我が娘は殿下と踊る日を楽しみにしていたんですよ」

内務卿も微笑みながら、隣に立つ娘を自慢げに見つめた。

最初の一曲をアシュリーと踊ったこと、ヴィクトルが彼女に白薔薇を贈ったこと、すべて報告を受けているはずだが、聞かなかったことにするのだろう。とはいえヴィクトルも衆人環視の中、アシュリーの名を出して、内務卿とその娘を侮辱するつもりはない。

あくまでも彼らには、いずれ自主的に退場してもらわないといけないのだから。

「喜んで」

ヴィクトルはにこっと笑ってハーミアの手を取り、フロアの中心へと向かう。母と内務卿があからさまにホッとした顔をしたのが妙におかしい。

彼らは彼らで、ヴィクトルをどう扱っていいか、わからないのかもしれない。

十年を帝国で過ごしたヴィクトルは、もはや子供ではない。この国において自分の価値をよく理解している。

「ヴィクトル様、こうやってダンスをご一緒できて嬉しいですわ」

ハーミアが媚びを含んだ甘い声でささやいた。

「ハーミア」

「はい、ヴィクトル様……」

音楽が鳴るのを待っている間、彼女は瞳をうるうると輝かせながらこちらを見上げている。彼女は自分たちが世界の中心だと確信している。恋に恋する瞳だった。

名門貴族令嬢としての教育を叩きこまれているハーミアとのダンスにはなんの問題も起こらないが、胸をときめかせるような喜びもない。

音楽が鳴り始める。

彼女の手を取り優雅に微笑んで、かわいそうだな、と哀れに思いながらヴィクトルは言葉を続けた。

「僕が見ていない間、ちょこちょことアシュリーに子供っぽい嫌がらせをしただろう」

「っ……？」

「ノートを取り上げたり、意地悪を言ったり……。そういうことをする人だったなんて、ちょっとがっかりだな。君はもっと品位のある女性だと思っていたんだが」

　みるみるうちにハーミアの顔から血の気が引いていく。滑らかに動いていた彼女の足運びが、遅れ始めた。

「そっ、それはっ……」

「アシュリーが気に入らないのは、僕の振舞いのせいだな。だからと言って、なぜあんな馬鹿な真似を？　教室でそんなことをするなんて、いくらなんでもまずいとは思わなかったのか？　見ている人間はたくさんいるはずなのに、誰も僕に告げないと本気で思ったのか」

　ハーミアを追い詰めていくヴィクトルは、思慮深く優しい表情を作っていた。あくまでも世間話のように。クラスメイトとしての助言を崩さないていでヴィクトルはハーミアを見おろす。

　――こんなはずではなかった。ハーミアの顔にそう書いてある。

　今まで彼女は父親の権力を笠に着て、気に入らない人間がいれば、社交界から追い出してきた。ハーミアが直接手を下さなくても、周囲が空気を読んで排除していた。

だからアシュリーにも同じ手が使えると思い込んでいたのだ。

確かにハーミアは多大な権力を持つ内務卿の娘だが、ヴィクトルがアシュリーを気に入っているという周知の事実は、士官学校の空気を少しずつ変えていた。

王太子妃は難しいとしても、アシュリーが愛妾にでもなれば、ガラティアに近しい人間が王家に取り立てられることになる。

もしお飾りの王太子妃との間に子供ができず、アシュリーだけが子供を産んだら？

男爵令嬢が王子に寵愛され、王家の血を引く子を産む。

たとえ今は現実味のない噂でも、士官学校の生徒やその親たちは、十年先を見越して行動するはずだ。

あからさまにアシュリーの味方になるわけでもないが、ヴィクトルに対して点数稼ぎをしようという人間が、少しずつ増えていることをヴィクトルは肌で感じていた。

「あっ、あのっ……」

ヴィクトルはハーミアの手を逃がさないと言わんばかりに強く握り、耳元に顔を近づけた。

「君には慎重さが足りない。身の程を知るがいい」

一段と低い声で。その音に【脅し】をのせて。古の魔法使いの力を持つヴィクトルは彼女に告げた。

本気を出さずとも、それは一種の呪いとしてハーミアの心を強く揺さぶった。

「っ……！　いやっ！　近寄らないでっ！」

その瞬間、ヴィクトルからの叱責に耐えられなくなったハーミアは、悲鳴を上げて手を振り払っていた。

そして力任せに王子を突き飛ばし、その場から逃げるように走り出した。踊る貴族たちに体当たりするようにぶつかりながら広間を飛び出していく。

残されたヴィクトルはわけがわからないという表情を作って、

「ハーミア嬢！」

と声を上げた。

周囲の人間が、なにが起こったのかと振り返り、困ったように立ち尽くす王子を見つめる。

「ハーミア様、どうしたのかしら」

「近寄らないでって……なにがあったか知らないが、殿下に対して無礼では？」

「最後まで楽しげに殿下と踊り切ったアシュリー嬢とは大違いだな」

その場にいた皆が、見事なまでにヴィクトルと踊り切ったアシュリーとハーミアを比べている。

ヴィクトルはダンスのパートナーに逃げられて困った貴公子の顔をしたまま、その場を離れることにした。

（さて。母上はこれをどう思うだろうか）

ハーミアと結婚させたがっていたのは、あくまでも国内の安定のためだ。夫を亡くした後、自分の女王位を支えてくれた内務卿に、義理を果たしているだけである。

母の顔を見に行くと、彼女のそばにはすでに内務卿はいなかった。おそらく娘を追いかけて出て行ったのだろう。

「母上、残念ですがハーミアは逃げ出してしまいましたよ」

「はぁ。まさかねぇ。困ったわ。いったいなにが気に入らなかったのかしら」

女王は額に手を当てて、深いため息をついた。心底困り果てた顔だ。彼女の後ろには近衛騎士たちが数人並んでいる。

そこには当然だがモーリスの姿もあった。ヴィクトルはモーリスに軽く目線を送ったが、彼は軽く目を伏せて会釈するだけだった。近衛騎士としてどう振舞っていいかわからないのかもしれない。

（ハーミアが使えないとなれば、次は他国の王族から引っ張ってきそうだな）

帝国の皇女という線もおそらく考えているだろう。

実際ヴィクトルは、帝国にいた時から何度か非公式に打診を受けている。

帝国の領土の五分の一程度の領地しか持たない王国に、政治的に大事な駒である皇女を嫁がせたいというのは、ヴィクトルという人間をかっている証拠に他ならないが、丁重にお断りしている。

(他の女を押しつけられることになったら、アシュリーを攫って逃げようかな)

行先は帝国でもいいし他国でもいい。自分ならどこに行ってもうまくやれるという自信がある。なんなら平民として暮らしたっていい。

ヴィクトルは王位にまったく頓着(とんちゃく)していない。家族どころかこの国──いや、世界がどうなろうがかまわないと本気で思っている。大事なのはアシュリーだけだ。

「母上、レオナルド枢機卿にご挨拶をしようと思っていたんですが、どちらに？」

もうハーミア親子などどうでもよかった。

ヴィクトルは周囲を見回す。

「先ほどまではいらっしゃったんだけど、お帰りになられたわ」

枢機卿は世界中に二十人おり、レオナルドはレッドクレイヴ教区における神の灯火聖教会の最高責任者だ。普段は王都の教会行政を司っていて、表に出てくることはまずない。

「猊下とお話をさせていただきたかったんですが」

「お前と男爵令嬢のダンスを見て、すぐに帰られましたよ。急用を思い出したとかで」

「そうですか」

帰国して早々に士官学校に入学したので、枢機卿とはまだ顔を合わせて話したことがない。普段は教会にこもっていて、滅多に人前に姿を現すことはないからだ。

「残念です」

目を伏せるヴィクトルに母は言葉を続ける。

「ヴィクトル、お前は聖教会から距離を取るような政策を考えているようですね。枢機卿はそれを不愉快に思われているようですよ」

母が口にしたのは、帰国後ヴィクトルが進めている税法の改正案だった。そしてその対象としてあげられているのは神の灯火聖教会である。

「不愉快だからなんだって言うんですか？　彼らは優遇されすぎている。国や民から莫大な献金を受けながら、すべての収入が無税だなんて、どう考えてもおかしいでしょう。その金で教団の上層部がどれほど贅沢三昧な暮らしをしているか、母上はご存じないはずないと思いますが」

「ヴィクトル……」

「帝国でも私の課税案は第一皇子に受け入れられました。王国だけでなく、帝国も懐具合は厳しいようですからね。おそらく彼が皇帝になるころには形になっているはずだ。時代は変わります」

息子の案に母である女王は深くため息をつき、恐れ多いことだと言わんばかりに目を伏せる。

「そんなことを言って……。戴冠式でお前に王冠を載せるのは枢機卿なのですよ？」

「王冠など、自分で自分の頭に載せればいいだけのことです」

傲岸不遜にとられかねないヴィクトルの言葉に、女王はもうなにも言えなくなったらしい。口をつぐみ、また大きなため息をついた。

「お兄様、なにがあったの？」

「具合でも悪いの？」

かわいらしい声と共に妹たちが左右から駆け寄ってきてヴィクトルの腕にしがみついた。

彼女たちはつい先日十二歳になったばかりの一卵性の双子で、十年ぶりに帰ってきた兄にべったりだ。ヴィクトルほどの深紅ではないが、紅茶色の美しい瞳と金色の巻き毛の美しい少女たちである。

ちなみに天真爛漫（てんしんらんまん）を絵に描いたような妹たちは、数年以内に国内の貴族と、帝国の貴族にそれぞれ嫁ぐことが決まっている。

ヴィクトルはにこりと微笑んで、妹たちを抱きとめた。

「なんともないよ。ふたりとも、僕と踊ってくれるかい？」

「もちろんよ、お兄様！」

「踊りましょう〜！」

妹姫たちははしゃいだようにその場で跳ねる。

子犬のような妹たちにまとわりつかれながら、ヴィクトルは玉座の母を振り返った。

「母上。誰を連れて来てもアシュリーより見劣りすることがわかったでしょう？」

再度がっくりと肩を落とした母の後ろで、モーリスが人一倍慌てたように背筋を伸ばしたのが見えたが、気づかないふりをした。


そのころ、書庫で頭よりも高く積み上げた本をめくっていたアシュリーは、きりりと唇を噛みしめて、深いため息をついた。

「はぁ……」

自分でも行き当たりばったりだとは思っていたが、やはり徒労に終わりそうである。

『神々の薪』という単語を調べるために、かなりの蔵書を漁ったがかすりもしなかった。逆引きできないかと辞書まで調べたが、それもなかった。

王城の書庫でわからないものは、もうどうしようもない気がする。

（そもそも前世の私がいたあの場所って、帝都から人が来るくらいだから、帝国っぽいのよね……。となると、王国で調べるのはちょっと的外れなのかもしれない）

アシュリーはテーブルの上の本を抱えて書庫へと戻り、一冊ずつ仕舞っていく。

ふと、ヴィクトルの顔が脳裏をよぎる。彼は十年間、帝国にいた。幼いころから神童の誉れ高い彼だ。もしかしたら『神々の薪』を帝国で聞いたことがあったりしないだろうか。

「私も男だったらよかったのに」

帝国で学べた彼が羨ましい。女の身では不自由なことばかりだ。

ポツリとつぶやいた瞬間、背後からカタリと音がした。

ここにはアシュリー以外誰もいないはずだ。舞踏会が終わったのだろうか。

「――ロイ？」

なにも考えず振り返った瞬間――いきなり頭にガツンと衝撃が走る。

目の前で火花が散り、膝から崩れ落ち、そのまま体が前に向かって倒れた。

（え……？）

体が動かない。なにが起こったのかわからず、床に這いつくばったアシュリーの頭から熱いモノが噴き出す。目がふさがれてあっという間に視界が悪くなった。

おそるおそる自分の頭に手をやって、その正体に気づき息をのんだ。生ぬるい感覚。血だ――！

「お、おいっ、まさか死んだんじゃないだろうなっ……！」

「振り返りそうになったからちょっと殴っただけだって……！」

頭上から慌てた男たちの声が聞こえる。聞き覚えのない声だ。

（殴られた……？）

なぜ殴られたのかもわからず、アシュリーは唇を震わせる。ただ視界の端で、髪から落ちた白薔薇が血で染まっていくのが見えた。

途端に、全身が細かく震え始める。理屈ではない。アシュリーを純然たる恐怖が包み込む。

（嘘……私、死ぬの……？）

ヴィクトルに殺されることを警戒していたはずなのに、まさか書庫で知らない人間に殴られて死ぬとは思わなかった。

まさかこんなことになるなんて——。

生まれて初めての経験に驚くと同時に、そのままどんどん気が遠くなる。

（だめ、このまま気を失っては……）

アシュリーは必死で手を伸ばす。

白魚のような白い指先が、血に汚れた白薔薇に触れる。

遠くなる意識の中、必死でその薔薇に魔力を注ぎ込んだ。

（誰か……お願い、誰か、気づいて……！）

「とりあえず運べ！」

男たちは息も絶え絶えのアシュリーの体を一気にかつぎあげると、持っていた大きな麻の袋に押し込む。元々野菜を入れて運ぶ袋なのだろう。土の匂いがしたが、もう限界だった。

アシュリーの意識はそこでプッツリと途切れてしまっていた。

王城の窓から差し込む太陽の光が夕日に変わる一刻ほど前。妹たちとダンスを終えたヴィクトルの背筋に怖気(おぞけ)が走った。

「——ッ……」

とっさに胸元に手をやる。そこにはヴィクトルが飾っていた白薔薇があった場所で、強い喪失感はアシュリーと繋がりが途絶えたという知らせでもあった。

ヴィクトルは踊り疲れた妹たちを母のもとに送り周囲を見回す。ヴィクトルの異変に気づいたロイが駆け足で近づいてきた。

「殿下、どうかなさいましたか」

「アシュリーの気配が消えた」

「書庫には見張りを立てましたが……」

ロイは驚いたように目を見開く。彼の言いたいこともわかる。城内は兵士で溢れかえっており警備は万全だ。アシュリーだって厳密にはひとりきりにしていない。だが繋がりが途切れたことを無視することはできない。

「彼女の身に異変が起こったのは間違いない。僕は書庫に向かう。ロイは兵士を伴って王城内を見回ってくれ」

「は、はい……っ」

急いでその場を離れるロイを見送りつつ、今度は広間を巡回していたモーリスを捕まえ腕を引いて耳元でささやく。

「アシュリーがいなくなった」

「はっ？」

「彼女が意識を失うような事態が起こっている。僕にはわかる。城内はロイに探させているから、お前は城外に出た人間に怪しい奴がいなかったか調べるんだ」

自分が魔法使いであることを説明するつもりはない。だがモーリスはなにかを感じ取ったようだ。胸元に手を当てて「はっ」と胸を張り、そのまま兵士を連れて走り出した。

そしてヴィクトルは足早に書庫へと向かう。ロイがドアの前に立たせたはずの兵士の姿がない。

勢いよくドアを開けて周囲を見回す。疑惑は確信に変わった。

パチンと指を鳴らすと、天井まで届くほど高い書架の隙間から血の気配が漂ってきた。

それを辿って覗き込むと兵士が床に倒れていた。

「う、ウウッ……」

昏倒（こんとう）しているが死んではいないようだ。

「誰にやられた？」

その場にしゃがみ込み兵士に尋ねる。彼はうっすらと目を開けて「お、おとこ、ふたりでした……」と答えた。

「わかった。すぐに人が来るから詳しい話を聞かせてくれ」

そう伝えて、そうっと床に寝かせる。

アシュリーの姿を探してさらに奥へと向かい、床の上に白薔薇が落ちているのに気がついた。慌てて薔薇を拾い上げると、手に取った瞬間、アシュリーの魔力を感じた。

「アシュリー……これを僕に残したのか」

目を閉じて集中すると、その白薔薇を通じて、彼女が感じた衝撃、戸惑い、そして恐怖がビリビリとダイレクトに伝わってきて、眩暈がした。

「……ッ……」

そして手にした白薔薇に赤い血痕が残っているのを見て、怒りで目の前が真っ赤に染まってゆく。

士官学校では当然目を光らせていたが、まさか王宮でアシュリーをかどわかされるとは想像もしなかった。

「アシュリーを傷つけ、攫ったやつがいる……！」

口にした瞬間、全身が燃えるように熱くなった。

冷静にならなければと思うのに、頭が真っ白で全身の震えが止まらない。

「アシュリー……お前を傷つけたやつは誰だ、誰だ……殺してやる……！」

形のいい唇から呪いの言葉が漏れた。

足元から、波紋のように魔力が溢れてゆく。

書庫に収まっている本がガタガタと揺れて、バサバサと天井から落ち始めた。だがその本もヴィクトルに当たる瞬間に、跳ね返ってあたりに散らばった。

魔力を抑える手袋をはめているが、今はほぼ役に立っていなかった。竜や巨人を殺せるほどの魔力が、怒りに囚われたヴィクトルから溢れ出そうになっているのだ。

「殺してやる……殺して、すりつぶして……死ぬよりも恐ろしい目にあわせてやる……！」

今度はびりびりと窓が震えてヒビが入り始める。それはもはや自然災害と同じだった。

「ヴィクトル様！」

ヴィクトルが自分を見失いかけたその瞬間、ロイとモーリスが書架の間に飛び込んできた。書庫だけが揺れているという不可思議な状況に、ふたりがギョッとした表情で棒立ちになる。

（落ち着かなければ）

そうだ。怒りで我を忘れかけていたが、今はそれどころではない。

一刻も早くアシュリーを攫った賊を追いかけるのだ。

冷静になれ。視界を曇らせるな。

いったん拳を強く握りしめ、自分に言い聞かせつつ、ヴィクトルは再び王子の仮面をつけて彼らの元へと駆け寄った。

「なにかわかったか！」

主人に忠実なふたりは、ヴィクトルの言葉に職務を思い出したらしい。

「今日のために雇われていた料理人が数人、調理場から姿を消しているそうです」

まずロイがそう口にし、モーリスがうなずく。

「裏門から出たのは出入りの業者だけで、不審な状況は確認できませんでした。城内も招待されていない貴族の出入りはありませんでした」

とはいえすべての馬車を改めたわけではない。料理人は怪しいが、その男たちがどこに行ったのか、特定できるほどの情報はないようだ。

ヴィクトルはロイに、その料理人を斡旋した筋と内務卿を調べるよう指示を出す。

「なぜ内務卿を？」

モーリスが遠慮がちに尋ねる。

「念のためだ」

確かにあの親子はアシュリーを疎ましく思っているだろうが、正直その線は薄いと思っている。そもそも内務卿が犯人なら、わざわざ警備が厳重な王宮ではなく、士官学校でやったほうが効率がいい。内務卿程度の小心者が、城内で堂々とアシュリーを誘拐するなど無理がある。

だが念には念をだ。こざかしい人間ほどつまらない策を弄(ろう)している——いうこともある。

「殿下はこれからどうなさるんですか」

「僕はひとりで枢機卿を追いかける」

次期国王に挨拶もせず帰った枢機卿が、今更ながら気になった。

間髪を容れず答えたヴィクトルに「枢機卿ですか？」と、ロイが驚いたように目を見開いたが、モーリスは違った。

「私も連れて行ってください！」

厩舎へ向かうヴィクトルに、モーリスが焦れたように声を上げる。

「お前は近衛騎士だろう。母上の許可なしに連れて行くことはできない。僕からの連絡を待つんだ」

「っ……ですが」

「――」

ヴィクトルはなにか言いたげなモーリスを無言で見つめ、問いかける。

「モーリス、僕が枢機卿と口にした瞬間、なにか思い当たることがある顔をしたな。知っているることがあるなら今ここで全部話せ」

彼を連れて行くことはできないが情報は必要だ。

するとモーリスは驚いたように目を見開き唇を震わせ、それから観念したように口を開いた。

「実は……少し前に、レオナルド様が内密にアシュリーを『引き取りたい』と連絡をよこしてきたんです」

「なんだと？」

それは寝耳に水の話だった。

「まことに信じがたい話ですが、アシュリーを生き別れた娘だと……引き取って帝国に連れて行きたいというお申し出でした。確かに一時期そういう噂はありましたが、現枢機卿のレオナルド様は帝国生まれの帝国育ちで、レッドクレイヴに枢機卿として赴任してきたのは今年です。絶対にありえません」

モーリスの言うとおり、確かにアシュリーが養子だというのは貴族社会では周知の事実で、彼女の類まれな美しさや聡明さから、やんごとなきお方のご落胤説というのはまことしやかにささやかれていたらしい。

「私も両親と同席して話を聞きましたが、あの方はまず我々に目の飛び出るような金額を提示されました。不満があるならもっと出すと言われて……。実の娘と言い張る雑な嘘然り、アシュリーを手に入れられたらあとはどうでもいいというような、なにか都合のいい道具にでも思っているような……。とにかくアシュリーの意志を無視しているようにしか思えなくて、本当に腹が立って。それでうちの両親は絶対にアシュリーを渡さないと決めました」

モーリスは心底受け入れられないという表情で、唇を噛みしめる。

「アシュリーは正当な手続きを踏んで我がガラティア家の養女になっています。両親はお断りしたのですが、それからなにかにつけて我が家にやってきて、ああだこうだと脅してくるものですから――」

「脅されているのか」

「奪われるほどの財産もコネもないですがね」

モーリスは少し皮肉っぽく微笑み、それから馬に鞍をつけるのを手伝った後、馬にひらりと飛び乗ったヴィクトルを真摯な目で見つめる。

「殿下はあの子の身になにが起きているのか、ご存じなのですね？　殿下……お願いです。どうかアシュリーをお助けくださると、守ってくださると約束してください！」

その必死な態度を見て、ヴィクトルは小さくうなずいた。

アシュリーを生かすためならこの世のすべてが滅んでもかまわないと思っていたが、この善良なガラティア家だけは残してもいいと思うくらい、彼らはアシュリーを大事に思っているようだ。

「あぁ……必ず連れて帰る。約束する」

ヴィクトルは力強くうなずき、愛馬の腹を軽く蹴ると、飛ぶような勢いで厩舎を飛び出した。

馬を走らせるうちに、チリチリと全身が燃えているのが自分でもわかる。

士官学校でアシュリーと再会してからの思い出が、まるで絵巻物のように脳裏をかけめぐる。

なかなか懐かない黒猫のようなアシュリーに、袖にされ続けたこと。

ヴィクトルに対して距離を取りたいと思っているくせに、脇が甘くて無視しきれないところ。

強引な手段に出てばかりのヴィクトルは、アシュリーに叱られてばかりだったが、人のいい彼女を見つめているだけで天にも舞い上がるような気持ちになれた。

彼女を守る。今度こそ、命を全うさせる。

それだけがヴィクトルの生きる目的だったのだ。

「それを……」

ひとりになった今、自分の中に燃える怒りを隠す必要もなかった。

「殺してやる……絶対に、アシュリーを傷つけるものは髪一本、爪の先だって残してやるものか……！　すべて、燃やし尽くしてやる！」

ヴィクトルの叫びが落ちてゆく夕日の中で響き渡った。

五章　「明かされる真実と選択」

「僕と一緒に逃げてください」

　実り豊かな黄金色の髪の奥から、深紅の瞳が切なげに輝きながら覗く。私の返答を待たず彼は私を抱きしめた。

　その勢いで、髪を飾っていた白薔薇が床に落ちるのを寂しく眺めながら、

「できません」

　と、私はゆるゆると首を振った。

　彼が好き。彼が大事。だけど彼の背中に腕を回せない。逃げることはできないから。

　それでも彼が『逃げよう』と言ってくれたことが嬉しかった。

　体の大きな彼に、ひんやりとした石畳の上で抱きしめられていると、自分は確かに今、生きてここに存在しているのだと、幸せな気持ちで胸がいっぱいになる。

「どうして……！　あなたは生贄になってもいいっていうんですか!?」

彼は信じられないと言わんばかりに目を見開き、唇を噛みしめる。

「生贄なんてだめだ……！　あなたが死んで世界が平和になるなんて理屈に合わない！」

「――」

私は目の前の彼を見上げ、あなたにはついて行かないという意思を込めて、もう一度無言で首を振った。

今から数百年前――竜と巨人が世界の中心にあった時代。人は彼らに対抗する手段を持たなかった。

だが人は神々の争いの中で命を落とした『白い花の女神』の死体を持ち帰り、神の力の根源をそこから奪い取った。

女神の体から魔法を編み出し、竜と巨人を駆逐する方法を見出したのだ。

魔法を得た人間は、あっという間に脅威を排除し人の世を作った。

一方、大事な娘である女神の体を凌辱された大いなる神は激しく怒り、完璧だった世界をいびつなものに変えてしまったのだ。

飢饉、地震、伝染病――繰り返される戦争の火種。人類を苦しめるために、ありとあらゆる呪いをかけた。

慌てた聖教会は、対抗手段として女神に似た虹色の瞳を持つ娘を探し出し『白い花の女神』に仕立て上げ、生贄として捧げることで難を逃れるようになった。

『白い花の女神のお体はここにあります。これがあなたの娘です』と、神の目を誤魔化すようになったのだ。

もちろん私は本物の『白い花の女神』ではないので、その誤魔化しが有効なのも数百年。

だから私はこれから先、未来永劫何度も生まれかわり、人の世の平和のために死ぬことが定められている。

「それでも、やらないといけないのよ」

私の決意を聞いて、彼はまたガックリと肩を落とす。長身で誰もが見とれるような美貌の持ち主なのに、今は雨に打たれた子犬のようだった。

悲しませたくないのに、こうなってしまう。

唯一の心残りは彼だった。

前世を覚えていないはずなのに、三度目の今世では、私が神をお慰めするために生贄になることを知り、直前になって逃げようと言い出した。

(せめてこの人だけでも助けたい……)

三度目でようやく気がついた。

彼は私を手にかけた罪で神に呪われてしまう。

決して愛に満たされることがない、辛い人生を送ることが義務づけられる。

そして彼はまた『神々の薪』のもとに送られて、呪いを受ける。永久に――。

(彼だけでも、この呪いから解き放ってあげたいけれど……どうしたらいいんだろう)

そんな思いを込めて、私は彼の頬を指で撫でる。

そうやっていると、耐えきれなくなった彼の深紅の瞳にうっすらと涙の膜が張ってゆく。

「こんなに苦しいなら、忘れたい……君への想いを……全部忘れてしまいたい……」

忘れたい――身を引き絞るようなその言葉を聞いて、私も辛くなる。

だが彼はすぐに、うなだれたまま首を振った。

「いや、今のは嘘だ、いやだ、嘘だ……！　どれほど苦しくても、君のことを忘れたくない……。たとえこの想いが届かなくても……なかったことにはしたくない……！」

悲痛な願いを口にした彼はそれでも無言の私に落胆し、肩を落として部屋から出て行った。

「好きよ……」

彼がいなくなってから、そうっとつぶやく。

決して告げることができない想いは静かな部屋に淡く溶けていった。

＊＊＊

「うぅ……」

ズキズキと差し込む痛みでアシュリーは目を覚ました。自分の意志とは関係なく体がガタガタと揺れている。

涙で視界がにじんで状況が把握できない一方で、夢の記憶ははっきりとアシュリーに残っていた。

(今見た夢は……)

あれは三度目の私とヴィクトルだ。

彼は『一緒に逃げよう』と言い、『神々の薪』である自分は『できない』と答えた。

だが同時になにかを思いついた自分は、ヴィクトルを死の連鎖から解き放とうと決意していた。

(思い出さなきゃ……すごく大事なことだわ……!)

何度か瞬きを繰り返していると、

「目が覚めたかね?」

と、男の声がする。

驚いて声のしたほうを見ると、目の前に以前士官学校で見た男――枢機卿が座っていた。

「どっ……どうして……?」

頭が混乱してなにも思い浮かばない。体を起こそうとして後ろ手に縛られていることに気がついた。

最悪の事態を想像しながら、なんとか上半身を起こし周囲を見回す。

「なぜ、馬車に……？」

そう、アシュリーは馬車の中にいた。座席に転がされていたようだ。

王城の書庫でいきなり殴られ目を覚ましたら、枢機卿と同じ馬車に乗っている。という
ことは今回の首謀者は彼ということになる。

「君はこれから国を出て帝都に運ばれる」

「え……？」

「君には生まれつき役目があって、その役目を果たしてもらうのだ」

役目と言われて、ごく自然にあの言葉が頭に浮かんだ。

「神々の……薪？」

アシュリーが震えながらそう口にすると、枢機卿はパッと笑顔になる。

「あぁ、自分の役目がわかっていたのか！　なら話は早い！」

喜色満面の枢機卿は手を叩き、飛び上がらんばかりに喜び始めた。

「そろそろ生まれるはずだと、帝都でずっと秘密裏に探していたのに見つからなかった。

本当に困っていたのだ！　まさかレッドクレイヴに生まれていたとは思わなかったよ！」

「――」

アシュリーが表情を強張らせている一方で、枢機卿は興奮したように言葉を続ける。

「君の崇高な行いのおかげで平和が約束される！　こんな素晴らしいことがあるだろうか。私も同じ時代に生まれて、儀式に関われるなんて本当に誇らしいよ！」

良いことだと言わんばかりの狂気に満ちたその声に、背筋がぞうっと冷たくなった。

「……そのために、私に死ねと言うのですか？」

アシュリーは震えながら問いかける。

そう、アシュリーは神を慰めるための生贄だった。

五百年前、竜と巨人に対抗する力を得るため、人々にバラバラにされたかわいそうな女神の身代わり。

神の灯火聖教会はアシュリーを生贄にして、娘を失って悲しむ神に『あなたの娘はここにいますよ』と嘘をつき、また数百年やりすごすのだ。

そうやってずっと人の世の繁栄を築いている。

「そうだ。だが君に拒否権はない！」

枢機卿はそう言って、アシュリーを見おろす。

「帝都では最近地震が続いている。我が領地でもイナゴが大量発生して作物が駄目になり、税の徴収もままならなくなった。これらはすべてこれから起こる天変地異の前触れなのだ。早く儀式を済ませないと、大変なことになる」

「そんな……」

もうすでに世界の均衡は崩れ始めているという。

枢機卿の言葉に心臓がばくばくと跳ねる。

息をのむアシュリーに向かって、枢機卿は声を抑えてささやいた。

「人の世のためだ。やってくれるな？」

世のため、人のため。決していやだと拒否できないような、圧倒的な正義を選ばせようとする枢機卿の言葉に眩暈がした。

「で、でも……そんな、いきなり儀式と言われても……わ、私はっ……」

戸惑うアシュリーを見て、枢機卿は怪訝そうに眉をひそめる。

「君ひとりの犠牲ですべてがうまくいくというのに？」

「っ……」

枢機卿は爛々と瞳を輝かせる。

「人の役に立てるのだぞ？　これがお前の役目で、お前はそのために生まれたのだ！」

そのために生まれた——。

これまでアシュリーが自分の意志で選んだ十八年に意味はなかった。

アシュリーは頭をガツンと殴られたような衝撃を受ける。

（じゃあ、そうするのが正しい行いなの？　生きたいって思うのは罪だったの？）

だったら自分のあがきは最初から必要なかった——ということなのだろうか。

もう諦めたほうがいいのかと思った次の瞬間、ふと今日の家族の顔が浮かんだ。

（そうか……。教会の馬車が屋敷に来ていたのは、そういうことだったんだ）

両親はアシュリーを渡せと言われて、それをずっと拒んでいた。

そして断られ続けたから、聖教会は強硬手段に出たのだ。

『娘の幸せを願っている』と微笑んだ両親を思い出す。

アシュリーが『死ぬために生まれてきた』のなら、彼らは十八年間、そのためにアシュリーを育ててくれたのだろうか。

（私が死んだら、あの人たちはよくやったと褒めてくれる……？）

自分に問いかけた次の瞬間、自然と言葉が口を突いて出た。

「……そんなわけ、ないわ」

震えながら答えるアシュリーに、枢機卿は「なに？」と首をかしげる。

そうだ。たとえお前が死ぬことで世界が良くなると言われても、今のアシュリーはそれを素直に受け入れることはできない。

「いっ……いやですっ！　生贄になんかなりません！　はいそうですかって、世界のために死ねません……！」

「なっ……じっ、人類がどうなってもいいというのか！」

激高する枢機卿だが、アシュリーは引かなかった。

「私だって、私だって家族は……大事な人が生きる世界は守りたいと思う……！　でも、でもっ、私は死ぬために生まれたなんて、思いたくないっ！　それに……ヴィクトルに気持ちを伝えないまま、死ねない！」

「――は？」

枢機卿が目を丸くした次の瞬間、アシュリーは腰のあたりで縛られていた縄を魔術で解くと、そのまま体当たりをするように馬車の扉に飛びついていた。

「ま、待てっ！」

枢機卿がアシュリーのドレスの裾をつかむ。それでも思いきり床を蹴って高く飛んだ。

「うわぁぁ……！」

アシュリーとともに枢機卿が馬車から転がり落ちる。背後から情けない悲鳴が聞こえたが、気にしないことにした。おそらく死にはしないだろう。多分。

アシュリーは風の魔術で自分の体を包み込む。

「っ……！」

茂みの中に落ちたアシュリーは、衝撃に備えて精いっぱい体を丸めた。バサバサと大きな音が響き、剝き出しの肩や腕が木々にひっかかり切りつけられるような痛みが走ったが、奥歯を噛みしめて悲鳴を飲み込む。

　勢いよくゴロゴロと土の上を転がったアシュリーの体は、木の幹にぶつかってようやく止まった。あまりの痛みに目から火が出そうになったが、よろよろと立ち上がる。

「いたた……」

　アシュリーは深呼吸を繰り返し自分の体を確かめる。全身が痛いが、とりあえず大きな怪我はなさそうだ。頭の傷にそうっと指先で触れる。血は止まっていたが、念のため癒し（ヒール）をかけておく。

「勉強していて、よかった……」

　思わずそんな言葉が口を突いて出る。

　そうだ。枢機卿に『生贄になるために生まれた』と言われた時はすべて無駄だったのかと思ったが、そうではない。すべてに意味がなかったと切り捨てるにはまだ早い。

「よし、大丈夫……早く、逃げなきゃ……」

　運良くと言っていいのか、馬車からは枢機卿も一緒に転げ落ちた。きっと従者たちは枢機卿の捜索に時間を取られるはずだ。

　アシュリーは空を見上げ星を読む。星の位置から現在地を推測する。

「ふふっ……学校で習ったばかりだわ」

　こんな状況なのに、思わず笑みがこぼれる。

　正直、自分を殺そうとしていたのが聖教会だとわかった今、士官学校に通ったことに意味はなかったような気がしたが、すべてが悪手だったわけではない。

(家を出て家族のありがたみを知ったし、生まれて初めて友達らしい友達だってできた)

わずか半年程度だが学生生活は楽しかった。

ふと、脳内にヴィクトルの姿が浮かぶ。

三度自分を殺した男が、目の縁をうっすらと赤く染めはにかむように微笑んでいる。

アシュリーと一分一秒でも長くダンスするために長い曲を作らせたり、帝国でドレスをあつらえたり。

彼はいつも全力でアシュリーに想いを伝えてくる。

大きな手でアシュリーを抱きしめ、麗しい唇で愛をささやいて、甘い声でアシュリーの名前を呼ぶ。

『好きだよ、アシュリー』

なぜか体がぽわっとあったかくなった気がして、心がざわついた。

「あの人に気持ちを伝えるって……」

とっさに出た自分の言葉が恥ずかしくてたまらない。

「……ってなに考えてるの、わたしっ！」

ぶるぶると首を振り、改めて一歩を踏み出す。今はここから早く逃げなくては。一歩ずつ歩くたびにズキズキと全身が痛んだが、休んでいる暇はない。

　耳を澄ませると、花火や音楽の音が聞こえる。近くに村があるのかもしれない。

　おそらく馬車は人目を避けて走っていたはずだ。森の中に入り、人がいる場所へと向かおう。

「はぁ……はぁ……」

　あれからどれだけ森の中を歩いただろうか。ドレスとヒールのせいで、いつもの半分くらいの速度でしか進めていない。だが音楽の音はだいぶ近くなっている気がする。

（馬を借りられるといいけど……）

　荒い息を吐きながら目を凝らしていると、

「いたぞ!!」

　と、男たちの声がした。

「っ……!?」

　驚いて振り返ると、複数の男たちがランプを持って近づいてくるのが見えた。一瞬だけ、もしかしたらアシュリーを助けてくれる味方ではないかと期待したが、

「待て！」

「反対側に回り込め！　絶対に殺すなよ！」

　という彼らの言葉を聞いて一気に冷や汗が噴き出した。残念ながら追手のようだ。

足を傷つけそうで迷っていたが、その場で靴を脱いでドレスの裾を両手に持ち走り出した。

「はぁっ、はぁっ……」

絶対に捕まるわけにはいかない。ここでまた彼らに捕らえられては逃げ出せなくなってしまう。帝国に送られて生贄にされてしまう。

(絶対に、いやっ……!)

必死に藪をかき分け走り続ける。ドレスに縫いつけられた銀箔が引っかかって、足がもつれた。

魔術を使って彼らを足止めするべきか。

アシュリーは息を凝らしながら背後を肩越しに振り返った。

(せめてあの灯りだけでも……!)

アシュリーは口の中で火の魔術を唱える。

次の瞬間、彼らが手にしているランプの光が一瞬パッと大きくなって、パリン! と音を立てて割れる。

「クソッ、ランプを壊されたぞ!」

森は一瞬でまた暗闇に包まれる。

(今のうちに……!)

もう自分がどこに向かっているかわからなくなる。そんな中、しばらく走ったところで、アシュリーは盛り上がった木の根につまずいていた。

「あっ……！」

そのまま前のめりに倒れたところで、たまたま木々の隙間から差し込む月光がアシュリーを照らした。美しい銀箔を縫いつけたドレスを発見し、後ろから男たちの怒号が迫る。

「あそこにいるぞ！」

「逃がすなッ！」

慌てて立ち上がり走り出そうとしたが、背後から髪をつかまれてしまった。

「きゃあっ……！」

アシュリーの唇から痛みで悲鳴が漏れる。だが男たちはそんなことをまったく気にせず、アシュリーの体をつかみ、ズルズルと街道に向かって引きずってゆく。

「ったく、馬車から飛び出して逃げるなんて、なんて女だ……！」

「はっ、放してっ……！」

つかまれた髪からなんとか手を振りほどこうとしたが、

「暴れるな！」

と、別の男に背中を突き飛ばされてしまった。

「きゃっ……！」

押された拍子に足がもつれて前向きに倒れ込む。髪が抜けた痛みと乱暴に突き飛ばされた衝撃で目の前に火花が散った。ドレスの裾がめくれ上がり、アシュリーのほっそりとした足が月光の下でさらされた。

「なかなか色っぽいじゃないか」

頭上から揶揄うような声が響く。土に手をついたまま振り返ると、男たちがニヤニヤしながらアシュリーを見おろしていた。

いやな予感がして慌てて裾を引っ張り足を隠したが、彼らは這いつくばったアシュリーをじっくりと観察した後、なにか思いついたように顔を見合わせる。

「な、なぁ……この娘を連れて行くの、ちょっと遅れてもいいんじゃないか？」

「奇遇だな。俺もそう思ってた。少し大人しくさせる必要があるしな」

どうやらアシュリーの可憐な容姿が彼らの加虐心を煽ったらしい。

「殺さなきゃいいんだろ？」

男たちは下卑た笑みを浮かべる。

息をのむアシュリーの前で、男がズボンから縄を取り出しながら、アシュリーに手を伸ばす。

「また魔術だのなんだの使われたら困るからな。そこの樹に縛りつけて犯してやろうぜ」

「っ……い、いやっ……近づかないでっ……！」

　ガクガクと震えながらも、虹色の瞳に力を込めるアシュリーを見て、男たちはますます興奮し始める。

「来ないでっ……！」

「ククッ、来ないで――だってさ。かわいい悲鳴だなァ」

「いつまで強気でいられるか、楽しみだぜ」

　穿いていたズボンに手をかけながら、アシュリーに向かって一歩足を踏み出した次の瞬間――。

　月がまた雲に隠れて、ほんの数秒あたりが漆黒の闇に包まれた。


「殺してやる」


　それはとても静かな声だった。

「え……？」

　アシュリーは不安から周囲を見回す。

「ギャッ！」

　突然、目の前にいた男が悲鳴を上げ、アシュリーの目の前から吹き飛んだ。

「……!?」

いったいなにが起こったのだ。アシュリーは体を縮こませたまま目を凝らすが、なにも見えない。そして闇の中にいくつかの打撃音が響いて男たちの悲鳴が続く。

「ぎゃあっ！」

「やっ、やぁ、やめっ……」

アシュリーはずるずるとお尻で後ずさりながら、木の幹に背中を押しつける。

（なに……なにが、起こってるの……？）

今すぐ逃げ出すべきなのに体が痺れたように動かない。

天敵から身を隠す小動物のように、息をひそめ体を縮こませる。無駄とは思ったが両手で耳を覆っていた。

それからしばらくして、長く続いていた鈍い打撃音が止まった。もう男たちの悲鳴も聞こえない。そよそよと風がささやく静まり返った森を切り分けるように、雲の切れ目から差し込んだ月光が照らしてゆく。

青白い光を背負って立っていたのは——ヴィクトルだった。

片手で暴漢の首元をつかんで、肩で息をしながら立っている。

「——ヴィク、トル……？」

名前を呼んだのは、今目の前にいるはずのヴィクトルに現実味がないように見えたからだ。

じいっと彼を見つめると、彼は無言のままぎこちなくこちらに視線を向けてきた。

黄金色の髪が月光に照らされてキラキラと輝くその一方で、深紅の瞳が燃えている。

ごうごうとすべてを焼き尽くす熱を孕んでいた。こちらを見ているようで見ていない。

周囲の空気がまるで蜃気楼のようにゆらゆらと揺れていた。

「っ……」

アシュリーは思わず息をのむ。

助けに来てくれたなんて、甘い考えだった。

あれは人ではない。

貴公子然としたヴィクトルは、確かにヴィクトルだったけれど。

その深紅の瞳は有象無象を食い尽くし、アシュリーすら飲み込むような熱を放っていたのだった。


ヴィクトルはアシュリーを襲った男たちを丁寧に殴りつけた後、立ち上がれなくなっていたアシュリーを無言で抱き上げ馬に乗り、近くの村の宿屋に入った。

アシュリーが逃げ込もうとした村はお祭りムードで盛り上がっていて、明らかに怪しい風体のアシュリーとヴィクトルのことですら、誰も気にしていないようだった。

そしてアシュリーを粗末なベッドに押し倒したヴィクトルは、極上のルビーをはめ込んだような深紅の瞳を輝かせながら、切なそうにささやいたのだ。

「僕の心は……あの日からずっと置いてけぼりのまま……凍り付いているんだろう」

彼の声はこんな時でも甘く澄んでいて、人の心を撫でつけるようなそんな魅力がある。

「もう、待たない。僕は君を手に入れる」

爛々と燃える瞳で、ヴィクトルはそう口にした。

窓の外からは、夜通しダンスを楽しむための手拍子が聞こえてくるというのに、手袋を外した彼からは、終始、生命のある者を脅かす強い魔力が放たれ、アシュリーは首を絞められているような感覚を覚えた。

駄目だ。殺される――。

助けてもらったとは思えなかった。

彼は奪われた自分の獲物を取り戻しただけ。その獲物を無事に帰すつもりは微塵もない。

頭から丸のみされるような激しい恐怖に、全身の震えが止まらない。

だがその一方で、ヴィクトルは必死の形相でアシュリーにささやき続ける。

「愛しているんだ。気が狂いそうなくらい、ずっとずっと、君を……愛している」

彼の声は、目は、激しく燃えながらアシュリーを求めている。

全身は細かく震えていた。彼が息をするたび、呼吸から強い魔力が溢れている。

かろうじて人の形を保っているが、彼は底なしの魔力の壺だ。気を緩めると、こちらまで意識を持っていかれそうになる。

(気を確かに持たないと……!)

必死に精神を統一し、自分という形を維持することに努めていたのだが――。

ぽたり。

アシュリーの頬にしずくが落ち、その集中が途切れてしまった。

「え……?」

なんとヴィクトルの深紅の瞳から、涙が零れ落ちている。

「ど、ど……どうしたの?」

急に泣かれて、驚きのあまり全身から力が抜けた。

アシュリーの命を握っているのは彼のほうなのに、彼の告白からなぜか命乞いをしているような必死さを感じて、アシュリーはまた激しい混乱の中に陥った。

「アシュリー……どうしたら、僕を、愛してくれる……?」

ヴィクトルは震えながらささやいた。

「――え?」

「どうしたら、僕を置いていかない?」

ヴィクトルは悔しそうに眉根をぎゅうっと寄せ、ゆるゆると首を振る。

「頼むよ……世界中の人間よりも、神様よりも僕を選んでくれ……! もう二度と君に置いていかれたくないんだ！」

血を吐くような、心臓をえぐり出して捧げるような、その悲痛なまでの叫びを聞いて、アシュリーはすべてを思い出していた。

一度目。

『この杯をお飲みください』

差し出される銀色の杯には毒が垂らされていた。

二度目。

『力を込めたらすぐに折れてしまいそうだ』

首に回された大きな手には迷いがなかった。

そして三度目。

『ひと突きで楽に息の根を止めて差し上げます』

振り上げられた煌めく短剣に、すべてを諦め微笑むしかなかった自分の顔が映っていた。

ああ、そうだった——。思い出した。

過去二度、彼は聖教会の命令で『神々の薪』を手にかける役目を与えられそれを全うした。

だが三度目だけは違った。

『神々の薪』は彼の手から短剣を奪い、止める間もなく自らの胸に突き刺し、死を選んだのだ。

さらに『神々の薪』は念押しで代償も支払った。

命よりも大事な、彼を愛する記憶を神に差し出した。

諦めたのは自分の恋心。彼を三度愛した記憶を手放すことを決めた。

それがなにも持たない自分が唯一持っているものだったから。


『私のたったひとつの宝物。愛する人への想いを差し上げます』

『彼が私を忘れても、私が彼を忘れても、三度彼を愛したこの想いが嘘になるわけじゃないから』

『だから彼をお許しください……彼に当たり前の幸せをお与えください』


これまで命じられるがまま、それが自分の役目だと命を差し出してきたというのに、初めてその命令に背いた。

『神々の薪』の強い祈りは、おそらく神に届いたのだろう。

きまぐれだったかもしれないが、無事にヴィクトルは四度目の人生で、帝国から遠く離れた王子として生まれた。彼は女神の分け身を殺した呪いの連鎖から解き放たれたはずだった。

だが結果は違った。

ヴィクトルは失ったはずの記憶を思い出したし、それからずっと四度目の生まれ変わりを探し続けていたのだ。

（そうだったんだ……）

すべてが繋がったことで自分の罪が浮き彫りになる。

「ごめんなさい、ヴィクトル……。あなたの心が凍り付いてしまったのは、私のせいなのね」

アシュリーは震えながら、謝罪の言葉を口にした。

「え……？」

馬乗りになっているヴィクトルの顔が石膏像のように固まった。

「思い出したの。ついさっき全部、思い出したの……！」

アシュリーは必死で声を絞り出す。

アシュリーは殺されたのではない。ヴィクトルに自分を『殺させていた』のだ。

そして彼を神々の呪いに巻き込んだことを後悔し、三度目で彼を一方的に切り離した。

よかれと思ってしたことだがアシュリーの罪だ。きちんと伝えなければならない。

「私には過去三度、あなたに殺されたという前世の記憶だけがあった。四度目の人生でどうしても死にたくなくて、聖教会の神官になれば死が回避できるかもしれないと思って、最短ルートを取れる士官学校に入ったの……」

「――そう、だったのか」

アシュリーの説明を聞いて、ヴィクトルの声に理性が戻る。

それをひしひしと感じながら、アシュリーはさらに言葉を続けた。

「でも本当は違った。あなたは私を憎んで殺していたわけではなかった。三度目の私は……儀式の時に、記憶と引き換えにあなたをこの因縁から自由にしてくださいって神様にお願いしたの。そうすれば……もうあなたに、私を殺させないで済むと思ったから」

「――」

思い当たる節があるのだろう。彼は黙り込んだ。だが相変わらずヴィクトルの深紅の瞳からは涙がしたたっている。

普段は巨大な猫をかぶって王子らしく振舞っているヴィクトルだが、自分の意志ではもう止められないのかもしれない。

アシュリーは指を伸ばし、その涙をぬぐった。

「……あなたは愛情と殺意を勘違いしているんだって思ってた。だから逃げたの。あなたに前世を隠していたのは、思い出されたら殺されるって怯えてたから……。でもそれは見当違いだったわ」

アシュリーは震える声を必死で抑えながら彼を見上げた。

「あなたは利用されただけだったのよ……！」

その瞬間、ヴィクトルもすべてを理解したようだ。右手で自分の顔を押さえながらうめき声を上げる。

「ごめんなさい。謝って済むことではないけれど、ごめんなさいっ……」

虹色の瞳から大粒の涙が溢れる。

気がつけばアシュリーの声もわなないていた。

殺されると思って逃げ回っていたのに、原因は自分だった。むしろこの忌まわしい呪いの輪廻に巻き込んでいたのはアシュリーのほうだった。

「う、くっ……」

涙が頬を伝い、顎先からぽたぽたと落ちる。

嗚咽を必死に噛み殺していると、それを見たヴィクトルがすうっと息をのむ。

「利用された？　違う、それは、君だ……！　女神と同じ色の瞳を持っているからと、女神の身代わりにされて……！　世界のために死ねと生贄にされ続けたんだ……！」

よほど怒りが抑えられないのだろう。行き場を失った魔力が、彼の体の周辺でパチパチと火花になって散っている。

「ヴィクトル……」

「アシュリー、僕は君を生贄になんかしない！　人の世の繁栄が君の犠牲の上にしか成り立たないというのなら、滅びてしまえばいいんだ……！　愚かな人間は全員死ねばいい！」

己の発言でまた怒りが込み上げてきたのか、黄金色の髪がゆらゆらと揺れ、窓がびりびりと音を立てて震え始める。深紅の瞳の瞳孔が、どんどん開いて獣じみてゆく。

また魔力が増大し始めたのに気づいたアシュリーは、慌てて両手でヴィクトルの頬を挟み込んだ。

「ヴィクトル、落ち着いて……！」

名前を呼ぶが、アシュリーの声は届いていない。

彼はフーッ、フーッと荒い息を吐きながら、食い入るようにアシュリーを見つめていた。

強い視線だ。まっすぐに見つめられているだけで、命が削られているような恐怖を覚える。

アシュリーは全身の産毛という産毛まで、ぞわぞわと立ち上がっていくのを感じ取りながら、それでもヴィクトルの目を見つめ返していた。

（どうしたらいい？　どうしたら彼を落ち着かせることができるの？）

思い悩んでいるうちに、魔力は波紋のようにどんどん広がり、強さを増していく。

遠くの森のほうから、ゴロゴロと雷の音が近づいてきた。古の魔法使いは天候すら操ったと書物で読んだことがあるが、もしかしたらヴィクトルもそうなのだろうか。

竜や巨人を一撃で倒すような雷を落とされたら、このあたりは更地になってしまう。

（えっと、えっと……どうしよう……！）

なんとかして気を逸らせないといけない。そう思ったアシュリーはなにを思ったか、

（ええーい!!!!）

ぶつかるように、ヴィクトルに自ら唇を重ねていたのだった。

それから数秒後。

バリンと窓が割れ、ドォォォン……！　と遠くで雷が落ちる音がした。ちらりと目の端で割れた窓の外を見たが、森はとりあえず燃えてはいなかった。

（よし！）

なにがよしなのかはわからないが、最悪の事態は避けられたようだ。

実際、獣のようだったヴィクトルの瞳がまん丸に見開かれている。いきなり頭から冷たい水を浴びせかけられて目が覚めたような、そんな顔だ。

「――んぅ」

ヴィクトルがもごもごと唇を動かす。

恐ろしい魔法使いからレッドクレイヴの王子に戻ってきたような気がするが、この唇を

離したらまたうなり声を上げるような気がして、アシュリーは両手にしっかりと力を込めて頬を挟み込む。そして意地でも唇を離さなかった。

「——」

「——」

お互い、無言のにらめっこが続いてから少し経ったころ。

「も、もう大丈夫だからっ……！」

ヴィクトルは、耐え切れないと言わんばかりにアシュリーの両手をつかみ、自分の頬から引きはがした。

「本当に……？」

「ほ、ほんとう……」

彼はこくこくとうなずき、アシュリーの上から離れてベッドの中央に片膝を立てて座り込んだ。そして膝の上にうなだれるように額を押しつける。

「——びっくりした」

「そりゃあ、びっくりさせるためにしたんだもの」

今までたくさんキスをされたし、いやらしいことだってされた。

だがそれらの状況ではすべてアシュリーは受け身だった。こちらからしたのは初めてである。だから驚くと思ったのだ。とりあえず成功してよかったが、やっぱり恥ずかしい。

手持無沙汰で、じいっとヴィクトルを眺めていて、気がついた。

「耳が真っ赤よ」

「っ……」

「うなじも赤いわね」

「や……えっと……」

ヴィクトルはうつむいたまま、腕を上げたり下げたり、ひらひらさせたりしながらうめいている。なんだか様子が変だ。

「もしかして照れているの？」

まさかと思いつつ問いかけると、ヴィクトルはパッと顔を上げて「そうだよ！」と叫んでいた。

彼の白磁のように美しい肌が真っ赤に染まっている。どうやら図星を突いてしまったらしい。

「えっ、医務室であんなことしておいて？　私のこと、監禁するとか言ったくせに？」

からかっているわけではない。今更純情ぶる意味がわからないのだ。

「それとこれとは話が別だ！　すっ、好きな女の子から不意打ちでキスされたら、普通に照れるに決まってるだろ！」

ヴィクトルはくしゃくしゃと金色の髪をかき回しながら、唇を尖らせた。

「それに医務室でのことは……謝る。君は今回も、僕を選んでくれないだろうと思っていたから……もう、強引にでも攫ってしまおうと……思ったんだ」

どうやら数々の蛮行は、彼の開き直りからきた行為だったらしい。

「そう……だったらもう監禁するとか言わない？」

危ない男だと思っていたが、話してわかる男ならそうあってほしい。

アシュリーがはぁ、とため息をつきつつ尋ねると、ヴィクトルが拗ねたように首をかしげ少しぶっきらぼうに言い放つ。

「いやだ。君がまた自分を犠牲にするようなそぶりをしたら、絶対に監禁する」

「もうっ……」

口にする言葉は物騒なのに、ヴィクトルが駄々をこねているように見えて、つい笑ってしまった。

今日はお城で踊ったり、殴られたり誘拐されたり馬車から飛び降りたり、とにかく大変な一日だったが、気が抜けたのかもしれない。

クスクスと笑っていると、ヴィクトルが釣られたように笑った。

「あぁ……僕はやっぱり君の笑顔が好きだな。それだけで僕は幸せな気持ちになれる」

「ヴィクトル……」

「好きだよ。ずっと昔から、君が好きだった」

ヴィクトルはそう言って、今にも泣き出しそうな声でささやいた。

「――私もよ。ヴィクトル。あなたが好き」

馬車から飛び降りる前に枢機卿に告げた言葉を思い出す。

『ヴィクトルに気持ちを伝えないまま、死ねない！』

そう、言わないまま死ぬなんてまっぴらごめんだった。

「あなたは強引だし、自分勝手だし、たまに手がつけられないことになるし、すぐに外堀から埋めようとする厄介な人だけど……私はあなたが、好きよ」

想いを込めて、丁寧に言葉を紡ぐ。

過去三度、『神々の薪』は想いを告げられなかった。

だがアシュリーは違う。

アシュリー・リリーローズ・ガラティアは、好きな男の人に告白だってできるのだ。

「ヴィクトル。好き。大好き。あなたと生きていきたい」

彼はアシュリーの告白を聞いてぎゅうっと眉根を寄せ、じっくりと言葉を噛みしめる。

「夢みたいだ……アシュリー……」

ヴィクトルの震える指先が頬を撫でてうなじをなぞり、肩をつかんだ。

お互い土や汗でボロボロだ。少し前、王城でダンスを踊った時とはまるで違う。だが想いは通じ合っていると、なぜかわかるのだ。

「アシュリー」

　熱っぽく、切なく、目の前の君しか見えないと言わんばかりに彼との距離が縮まってゆく。

　彼は激しく自分を求めていて、そして自分もまた、彼を求めている。言葉にせずともそれはすべてわかっていた。

　ゆっくりと、もつれるようにベッドに倒れ込んだ次の瞬間。

　アシュリーは近づいてくるヴィクトルの唇に指をのせ首を振った。

「待って。私、結婚するまでそういうことはしたくないの」

「えっ？」

　突然のアシュリーの拒否に、ヴィクトルは目を丸くした。

　確かにそうだろう。物語であればここからはふたりが結ばれる時間であるはずなのだから。

「あなたのことは好きだけど、今はまだ学生生活を楽しみたいんだもの。勉強したいことはたくさんあるし……」

　少し遠回りではあるが、彼に自分の気持ちが伝わるだろうか。

　そんな気持ちを込めてヴィクトルを見上げる。

　アシュリーの言葉に、彼は目を見開いた。

拒否されたことに驚いているのではない。ほんの数秒、頭の中でアシュリーの言葉を反芻して、おそるおそる尋ねる。

「それって、僕と……結婚、してくれるってこと？」

彼の声はかすれていた。あれだけ拒み通してきたのだから、驚くのも当然だろう。

「します」

アシュリーは照れつつも、力強くうなずいた。

正直、身分も違いすぎるし、問題は山積みだ。

だがこうなってしまったらもう腹をくくるしかない。

死にたくないともがいた気持ちは『後悔したくない』という感情に変化している。

人として価値があろうがなかろうが、自分の人生は自分が決める。

「私は生贄にはならない。でも、あなたと手に手を取って、この世界から逃げるつもりもないの」

上半身を起こし、ベッドの上に正座したアシュリーは、同じ体勢になったヴィクトルの手を取り、彼の深紅の瞳をまっすぐに見つめた。

「もう平和は約束されない。これからは疫病、不作、天変地異……多くの困難が世界を襲うかもしれない。だからあなたにはこれから立派な王様になって、知性で神の呪いに打ち勝ってほしいの。もちろん私もたくさん勉強して、あなたを支えるわ。生きることを諦めたりしない」

そう、これがアシュリーの初めての選択だ。

きっと一筋縄ではいかない。人生をかけて進む道になるだろう。

だがもう自分はひとりぼっちではない。支え合える人がそばにいる。

「それでもいい？　許してくれる？」

少しだけ不安になって尋ねると、

「アシュリー……それでこそ、僕の選んだ女性だ」

ヴィクトルはニッコリと笑って、こつんとおでこを重ね、猫のようにアシュリーと鼻先をこすり合わせる。

「君と僕の子孫が生きる世界だ。必ず守ってみせるよ」

そしてゆっくりと頬を傾け、触れるだけの口づけを交わしたのだった。

六章　「愛し合うふたり、初めての夜」

「ヴィクトル様、アシュリー様、ばんざ～い！」

「ご成婚おめでとうございます！」

王都を走る、六頭の馬に引かれている馬車はオープンタイプになっていて、王子と花嫁が並んで座った姿を、誰でも見ることができるようになっていた。

沿道の人々が色とりどりの花びらをまき、大道芸人がパレードを盛り上げる。年に一度の収穫祭以上の華やぎだ。

「あっ、馬車が見えてきたよ！」

父親に肩車をしてもらった少女が目を輝かせながら声を上げる。

鍛冶屋を営んでいるこの一家は、朝から花嫁を見るのを楽しみに、沿道の場所取りをしていたのだった。

「そういや、結婚式に私たちも参加できるって本当かい？」

娘が夢中で「でんか～！」と馬車に向かって手を振る中、祖母が息子に問いかける。

「そうだよ。なんていったかな……民事婚？　とかいうのでさ、聖教会じゃなくて、王子様が新しく作られた王都市庁舎ってところで、婚姻の誓約書にサインなさるんだと。俺たちもその場にいていいんだって」

「へぇ～！　王族の結婚式に平民が参加できるのかい！　時代は変わっていくもんなんだねぇ」

「ああ……そうだなぁ。最近は不作やら疫病やら怖いこともあるが、殿下はきっと俺たちの生活を守ってくださるよ」

そう、国が変わっていくその気配を、国民もまた感じていたのだった。


「すごい人ね……！」

花嫁姿のアシュリーは、ふりそそぐ花びらの中、少し緊張しながら微笑みを浮かべる。

目が覚めるような青空の下、誰もがみな笑顔を浮かべていて、王子と男爵令嬢の結婚を祝っている。王都の住人だけでなく近隣の町や村からも、祝福のために多くの国民が駆けつけているようだ。

（嬉しいな……）

アシュリーは夢見心地のまま、馬車から見える国民ひとりひとりの顔を、目に焼きつけようとしていた。

「美しい君を一目見たくて、これだけの人が集まったんだ。誇っていい」

座席の隣に座ったヴィクトルが、なぜか自慢げに胸を張る。

「ドレスが素敵だからよ」

アシュリーは苦笑して、自分が身に着けているドレスを見おろす。

純白のウエディングドレスは、レッドクレイヴの名だたる工房が担当した。縫い目がひとつも見えないようレースを身ごろにつけ、さらに何百もの真珠を縫いつけている総レース製だ。ほっそりした首や二の腕を覆い、肌は見えない上品な作りで、デザインはヴィクトルとアシュリーの母の趣味である。

そしてアシュリーの結い上げた黒髪を飾る、手のひらサイズの銀のティアラと白薔薇を飾ったヴェールは、アシュリーをさらに引き立たせる輝きを放っていた。

「本当に、私にはもったいないくらいよ。家族みんな感極まっていたもの」

ちなみに両親と兄とはつい先ほどまで一緒にいた。全員、揃いも揃ってハンカチをびしょびしょにするまで泣いていたので、慰めるのが本当に大変だった。

少し照れながらそう言うと、

「これでようやく君を、名実ともに僕の妻にすることができる」

最上級の儀礼服を身にまとったヴィクトルはそう言いながら、深紅の瞳を細めて、アシュリーの手を握りしめた。

「アシュリー。白薔薇はもう気にならない？」

隣のアシュリーの頬に張り付いた花びらを取り除きながら、顔を覗き込む。

「ええ……怖くないわ」

気遣いに満ちた声に、アシュリーは小さくうなずいた。

「あなたが時間をたっぷりくれたから。私にもう不安はひとつもないのよ」

ふたりがお互いの気持ちを確かめ合ってから二年。

ヴィクトルは『学生生活を送りたい』というアシュリーの気持ちを尊重し、この二年間はアシュリーの自由にさせてくれた。王子の恋人という微妙な立場ではあったが、普通の学生生活を送ることができた。

エマと一緒に買い物にだって行けたし、お茶会もたくさんした。創立記念日のパーティーでは、制服姿ではあるがヴィクトルのパートナーとしてダンスを踊った。本当に楽しい日々だった。

王子の妻になっても、アシュリーはこの二年の青春を一生忘れないだろう。

「私が白薔薇を苦手に思っていたのは、儀式の場所に白薔薇が咲いていて……無意識の中で死を連想していたからよ。だからずっと、私の中で不吉な花だったの。でも今は違う。あの庭であなたと薔薇を育てていたって思い出してからは怖くないわ。むしろ今は大事な思い出の花だって思える。ありがとう、ヴィクトル」

そして同じようにヴィクトルの金色の髪にからまった白薔薇をつまみ、目を細める。

「こちらこそありがとう」

アシュリーの素直な感謝の気持ちを聞いて、ヴィクトルは感極まったように眉根を寄せ、花嫁に顔を寄せ触れるだけのキスをする。

それを見て沿道の国民たちがまた、わぁっ！　と歓喜の声を上げた。

「殿下、お幸せに！」

「ありがとう！」

ヴィクトルは花のような笑顔を浮かべて、国民たちに手を振った。

「ほら、アシュリーも」

「ええ……」

アシュリーも彼に合わせて、少し恥ずかしがりながらも、手を上げる。

これからふたりの乗った馬車は、役所へと向かう。

そこで婚姻届にサインをすることにより、ふたりの結婚は正式に認められるのだ。

これはヴィクトルが少しずつ整備している、法の下に平等であるという法治国家への布石だ。

ヴィクトルは少しずつ神の灯火聖教会から距離を取っていた。もちろん表だって敵対することはしない。すべての国民の意識をいきなり変えることはできないし、聖教会を心のよりどころにしている人もいるとわかっているからだ。

だが生まれた時に教会に祝福を受けにきた赤子や若い夫婦に、その足で役所にも来てもらう制度を立ち上げた。

教会では、生まれた子に祝福をもらうためには夫の一か月分の給金を寄付する必要があるが、役所にくれば逆に子育てのための支援を行う。葬儀も同じである。教会に行けば祈りのために三か月分の給金を取られるが、役所は残された家族のために援助をする。

（教会の特権でもあった、国民との繋がりを国が率先して強化していく。さらに社会保障を円滑に進めるために、正確に国民の数を把握する。今すぐに教会権力の解体は難しくても、十年後、二十年後には人々の意識は変わっているはず。教会を、国民の心の癒しのために存在させるようにする。ヴィクトルの考えていることって、本当に驚きしかないわ）

実際ここ数か月で、王子の結婚にあやかろうという恋人や若い夫婦が、結婚の登録に殺到しているらしい。

ちなみに二年前アシュリーを誘拐した枢機卿は、帝国に即刻追い返された。

しかも彼がどれだけ私腹を肥やしていたかという証拠書類というお土産付きだ。帝国に戻っても彼の居場所は教会には残されていない。

そして内務卿もヴィクトルによって処分されている。

アシュリーを最初に襲ったコックたちは、内務卿の屋敷で働いていた者たちだったのだ。枢機卿と内務卿は、アシュリーをレッドクレイヴから引き離したいという共通の目的で繋がっていたのだとか。内務卿の一族は裁判ののちに領地は没収され、国外に追放された。妻が帝国の貴族であるから死にはしないだろうが、帝国にいても決して居心地は良くないだろう。

そしてレオナルド枢機卿の後釜には、権力とは無縁の老教授が枢機卿代理として派遣されてきた。

あくまでも代理である。なぜなら大陸中に散らばる枢機卿全員の屋敷が、アシュリーが攫われた翌日に、落雷による火事で全焼したからだ。

だが死傷者はひとりも出なかった。自然現象のはずなのに、不思議な燃え方をしたのだとか。一部では『神のお怒りに触れるようなことをしたのでは？』とまことしやかにささやかれたという。そしてアシュリーを襲おうという教会の人間は、ぱたりといなくなった。

『不思議なこともあるものだ』

しばらくして、ロイから報告を受けたヴィクトルは、そう言ってふふっとご機嫌に笑っていた。一緒にお茶を飲みながらその話を聞いていたアシュリーは、彼の仕業ではないかと思ったが、深くは追及しなかった。本人が知らないふりをしているのだから、それでいいのである。

それからのち、ヴィクトルは教会から『復興税』の徴収を開始した。徴収した復興税で、まずは王都から遠く離れた辺境の村から、無償で使える病院と学校を建設したのだ。

これも王都だけが豊かであってはならないという、ヴィクトルの政策のひとつだ。

「法の下に平等な課税で、所得の再分配だ。我々の懐はまったく痛まない上に、教会を弱体化させられる」

ヴィクトルは機嫌良く笑っていたが、『僕の国民から搾取しようとする教会は許さないが、祈りたい人の心までは否定しない』という態度を最後まで崩さなかった。

そしてヴィクトルと、彼と共に辺境の村へと向かい熱心に治療を行う『ヒアローの白薔薇』の名声は、少しずつ国民にも認められるようになったのだった。

役所での証人は国民たちの目の前で、女王陛下に務めてもらった。

「陛下、お認めくださってありがとうございます」

羽根ペンで自分の名を記したアシュリーがそう口にすると、

「幸せになってちょうだい。あなたは今日から私の娘です」

女王陛下は微笑みながら目を細める。

この二年で、女王はアシュリーを王太子妃とすることに合意した。

もちろん息子であるヴィクトルの強い意志もあったが、アシュリーが月に一度王宮にやってきて、双子の姫たちの家庭教師をしたり、女王のお茶会に顔を出すようになったこと、またヴィクトルとともに行っている慈善活動を見て、アシュリーの人となりを認めてくれた結果だ。

「母上、ありがとうございます。ふたりでこの国をより豊かにするために邁進する所存です」

ヴィクトルはそう言って、代々の王妃に与えられるルビーの指輪をはめたアシュリーの手を取り、国民が待つ役所前の広場に向かう。

役所は市民の憩いのために作った広大な公園の中にある。収穫祭以上の人出で、王子と美しい花嫁を見るためにたくさんの人が集まっていた。

ふたりが姿を現すと、割れんばかりの歓声と音楽が響き渡る。

「おめでとうございます、殿下！」

「アシュリー様！」

「ヒアローの白薔薇！」

かつては『ヒアローの白薔薇』と呼ばれるのが苦手だったアシュリーだが、今は違う。

白薔薇は死の花ではない。今では愛の証だ。

目の前に散る大量の花びらと甘い香りの中、アシュリーは幸せを噛みしめながら笑みを浮かべた。

「これから三日間、大変だぞ。帝国含め、各国の要人が集まるんだ」

ヴィクトルは市民たちに手を振りながら、微笑む。

「ええ、私たちの最初の仕事ね。頑張りましょう」

そう、これから若い夫婦のために三日三晩祭りが開催される予定だ。

力強くうなずいたアシュリーを見て、ヴィクトルはふっと笑って耳元に顔を寄せる。

「だけど三日目の夜は、僕たちの初夜だから。覚悟するように」

「っ!?」

甘いささやきに慌てて顔を上げると、ヴィクトルはまたそしらぬ顔で国民たちに手を振っていた。

（しょ、しょ、初夜って……！）

そう――この二年、ヴィクトルは約束通り、アシュリーの処女を散らしたりしなかった。

もちろん軽く抱き合ったり、触れたり、キスをしたりのスキンシップは毎日のようにしていたが、決して淫らな行いはしなかった。

(『結婚するまでそういうことはしたくない』と言ったのは私だけど……律儀に守ってくれるとは思わなかったのよね……)

だが彼は約束を守ってくれた。

今度はアシュリーの番だ。

アシュリーはぎゅっと唇を引き結んだ後、彼の腕を軽く引っ張り、よろめいたヴィクトルの頬に唇を押しつけて笑みを浮かべる。

「もちろんよ、私の旦那様」

花嫁の愛らしいキスに、広場がまたどっと歓声を上げる。

ヴィクトルは長いまつ毛を瞬かせた後、パッと花が開くように微笑んだのだった。


とはいえ、三日三晩の結婚式は外交も兼ねていたため、本当に寝る間もないほど忙しかった。

最終日にはなんと帝国から第一皇子――皇太子が訪れて、王城はひっくり返るほどの大さわぎになった。そもそも正式な使者は第四皇子ひとりの予定だったが、なんと直前に皇太子が、荷物をおさめた長簞笥に勝手に潜り込んで王国入りしたらしい。

滅茶苦茶すぎると思ったが、ヴィクトル曰く『そういう人』なんだとか。

皇太子は面倒な外交はすべて第四皇子にまかせて、ひとりでレッドクレイヴをたっぷりと満喫し、つい先ほど帝国に戻る船に乗って帰国した。

ちなみに帝国の皇太子は、ヴィクトルに勝るとも劣らない美男子で、

『帝国であまたの美姫を袖にし続けてきたヴィクトルが選んだ女性だ。当然賢く美しい人に違いないと思っていたが、まさか花の妖精と結婚するとは思わなかったな。もしあなたがヴィクトルに不満があったら、帝国に来てくれ。決して損はさせないぞ』

と、アシュリーの手を取りうやうやしくキスをしたので、周囲は大騒ぎになった。

『殿下の言葉はシャレになりませんので』

額に青筋を立てたヴィクトルが慌てて引きはがし、宮廷ではすでに笑い話になっているのだが、おそらく明日には、新聞が面白おかしく書き立てるだろう。

「ふふっ……楽しかったけど。はぁ……さすがに疲れたわ」

アシュリーは大きなため息をついて、寝室の天蓋付きのベッドに腰を下ろす。

一応、三日前からここは夫婦の寝室であったのだが、寝るのはアシュリーだけで、ヴィクトルは寝室に戻ってくることは一度もなかった。

他国の要人を交えた会議に、お茶会に観劇、夜は晩さん会に舞踏会。それが終われば紳士の嗜みとしてお酒とカードを。すべて外交に繋がるため、ヴィクトルはなにひとつおろ

そかにしなかった。

（三日目の夜が初夜だって言ってたけど、無理なんじゃないかしら）

アシュリーは軽くあくびをしながら、自分が着ている上等な絹のネグリジェを見おろす。

ごく一部の上流階級を除いて、ネグリジェというものはごわごわの麻でできている。裸の体の上にそれを一枚羽織って、硬いマットレスの上で毛布にくるまって眠るのである。

だが今日、アシュリーが身に着けているものはすべて絹だ。ゆったりとした形で首や肩は大きく開いており、たっぷりのフリルとレースが縫いつけられている。小さくて穿く意味があるのかわからないショーツにまで、リボンとレースがあしらわれていて、その繊細な作りに驚いたものだ。

アシュリーはベッドから立ち上がり、部屋に置いてある窓ほどの大きさの鏡の前に立ち、まじまじと自分を見つめた。

結い上げられた髪は下ろされて、ふわふわと波打っている。

つい先ほどまで風呂でメイドたちによってたかって全身をマッサージされ、髪をすかれたせいか、疲れを微塵も感じさせないほど光っているように見えた。

（王族って、毎日こんなふうに磨かれるのかしら……削られて小さくならないかしら）

いくらなんでも大変すぎないかと考えていたところで、ガチャリと寝室のドアが開く。

振り返ると、ナイトガウンを羽織ったヴィクトルが疲れた様子で立っていて、アシュリーは慌てて彼のもとに駆け寄っていた。

「大丈夫？　少し横になったほうがいいわ」

ヴィクトルの肩を支えながらベッドに座らせると、彼はふっと笑ってアシュリーの手を取りそのまま正面から引き寄せる。

「きゃっ」

手袋をはめた彼に、膝の上に横抱きにされて抱きすくめられた。

薄物一枚なので強く抱きしめられると距離の近さを感じる。士官学校時代の、制服時の抱擁とは違うものを感じて、急に胸がドキドキし始めたが、今はそれどころではない。

（三日三晩、横になって寝てないんだものね）

隙間の時間に、椅子で仮眠していたヴィクトルの姿は何度も見ていた。

疲労の色が濃い夫を労わりたくて、稲穂色の髪を優しく指ですいていると、ヴィクトルの体から少しずつ強張りが解けていく。首筋に触れるヴィクトルの吐息が柔らかくなる。

「――ありがとう」

ヴィクトルはふうっと息を吐いて顔を上げ、それから切れ長の目を細めながらアシュリーの額に小さくキスをした。

「長い長い準備期間もあったし、さすがにクタクタだ。これが終わったら君を抱ける――そう思わないとやってられなかった」

深紅の瞳が甘やかに輝き、それから声が少しだけ低くなった。

夫になったヴィクトルの発言に、アシュリーの心臓が跳ねる。

「今日、するの？」

アシュリーの素朴な問いかけに、ヴィクトルは薄く笑う。

「する。なんのために二年もかけて結婚の準備をしたと思っているんだ。堂々と君を妻にして、毎晩抱き尽くすために決まってるだろう」

「えっ」

「愛してるよ、僕のアシュリー」

ヴィクトルは眩しいものを見るような目でアシュリーを見つめ、そうっと唇を重ねた。

最初は触れるだけのキス。

何度も、唇の表面が触れて、離れていく。

「愛してる……」

吐息混じりのヴィクトルの声と口づけは次第に熱を帯びていく。

「わ、私も、あ——んっ」

アシュリーが唇を開くと、それを待っていたといわんばかりにヴィクトルの舌が口の中に滑り込んできた。舌はすぐにアシュリーの舌を巻きとり、柔らかく食みながら吸い上げた。

「んっ……」

かすかな痛みにビクッと体を震わせると、今度はなだめるように舌が口蓋を舐め上げる。

（キス、気持ちがいい……）

鍛え上げられた彼の腰に腕を回すと、ヴィクトルはアシュリーの唇からこぼれた唾液を指でぬぐってから、ネグリジェの裾から手を差し込んだ。

とはいえ性急さはない。彼の手は優しく緊張を解きほぐすように太ももの上を撫でている。

何度も繰り返し、唇を重ねて、お互いの吐息が混じり合う。

離れたくない。もっとそばにくっついていたい。

そうして気がつけば、アシュリーの体はベッドの真ん中に押し倒されていた。

「――手袋は外させてもらう。君の素肌に直接触れたいんだ」

ヴィクトルは指の先を噛んで両方の手袋を外すと、ぽいと床に放り投げる。

彼の右手には複雑な、蔦に似た文様が刻まれている。普段は手袋で魔力を抑えているんだとか。その力は二年前、アシュリーが誘拐された時に垣間見ていた。

「――怖い？」

ヴィクトルは、ベッドサイドに置いたランプ以外の部屋の明かりをパチンと指を鳴らして消すと、少し不安そうな表情でアシュリーの頬を両手で包み込んだ。

怖いといえばすぐに手袋をはめてくれる気がしたが、その優しい手のひらを見て、アシュリーはゆるく首を振った。

「あなたが私を傷つけたりしないって、わかってるわ」

「ああ、もちろん。僕は君を愛し守るために生まれたんだ」

そしてヴィクトルはふわりと笑って、こつんとおでこに自分の額を押しつける。

「それを今からたっぷりと味わってほしい」

彼の手がネグリジェの中に滑り込み、ショーツに手をかけてゆっくりとつま先に向かって下ろしていく。

「あ……」

ひやりとした空気を感じて思わず膝をすり合わせると、ヴィクトルは笑って「脱がせやすくしてくれてるのか」といたずらっぽく微笑んだ。

「もうっ……」

きっとアシュリーの緊張をほぐそうとしてくれているのだろう。

学生時代の約二年間、ヴィクトルは人目を盗んで、よくアシュリーに口づけた。

触れるだけのキスはもちろん、腰が抜けてしまうような濃厚なものまで。これで自分は乙女だと言っていいのかわからないくらい、ヴィクトルとは深いところで繋がったと思っていた。

だが今からすることは、その先だ。

本当に――誰からも非難されず夫婦になる。

彼の指が丁寧にネグリジェのボタンを外しているのを、アシュリーはドキドキしながら見守る。

「ブラウスを破ったのが嘘みたいに優しいのね」

二年前、彼に医務室で襲われた時のことをからかうと、

「――あれは」

ヴィクトルが少し気まずそうな表情をして、視線をさまよわせる。

「そう言えば、私のブラウスを新しいものに替えてくれてたけど……破ったほうはどうしたの？」

あのまま捨てたら目立ったのではないかと思っての発言だったが、問いかけた瞬間、ヴィクトルの瞳孔がきゅっと小さくなった。

「それはあれだ。言えないな」

「えっ？」

「――だから、秘密」

秘密にするようなことだとは思えないのだが、ヴィクトルはきっぱりと言い切って、それからアシュリーのネグリジェを完全に脱がせる。

た。

「早く、君を愛させてくれ……」

そして彼は自分の上着も慌ただしく脱ぎ捨て、上半身裸になってアシュリーを抱きしめた。

「ヴィクトル……」

彼の裸の背中に腕を回す。こうやって裸で抱き合うのは初めてだった。

今更気づいたが、ヴィクトルはかなり着やせするタイプらしい。鋼をより合わせたような肉体で、お互いかすかに汗をかいているせいか、しっとりとした肌触りに胸がときめく。

(ヴィクトルの体、熱い……私もそうなのかしら)

熱をじかに感じて、それだけで呼吸が荒くなる。

そうやってしばらく無言で抱き合った後、

「アシュリー。舐めていい?」

耳元でヴィクトルがささやいた。

「なにを舐めるの?」

「むっ……胸」

そうささやくヴィクトルの耳は少し赤く染まっていた。

普段、堂々とした彼の姿ばかり見ているので、ちょっと不思議な気分になってくる。

「——ねぇ、ヴィクトル。あなた、医務室の時は、そんなじゃなかったと思うんだけど」

ブラウスをビリビリと破いて手首を拘束、一方的に舐めたり指でいじったり、いやらしいことをしたりと大盤振舞いだったはずだ。

するとヴィクトルは先ほどブラウスのことを尋ねた時と同じ表情――形容しがたい、苦虫を噛みつぶしたような顔になり、眉間に皺を寄せる。

「今日は夫婦になって初めての夜だろう。いい思い出にしたいんだ。だから君が嫌がるようなことは絶対にしたくない」

「思い出って……」

なんだかかわいらしい言葉に、胸の奥がくすぐったくなってしまった。嬉しくて思わずぽつりと口にした瞬間、ヴィクトルはクワッと深紅の目を見開いて叫んでいた。

「僕は二年間この日を楽しみに、指折り数えて待っていたんだぞ！　そりゃ楽しみだし興奮してるし、絶対に失敗したくないんだっ！」

それから肩で大きく息をしながら、切なそうに声を絞り出す。

「――僕も……初めてだから」

「え……そうなの？　私、てっきり帝国で……」

十三歳から約十年、ヴィクトルは帝国で非常にモテていたと聞く。皇太子だってあまたの美姫に言い寄られていたと言っていた。身分のこともあるし、特定の恋人は作らなかったかもしれないが、経験がないとは思わなかった。

だから初夜に関しても彼に任せていれば安心だろうと思っていたのだが――。

するとヴィクトルは少し憤慨したように唇を尖らせる。

「確かにそういう機会は多かったが、誓って誰にも触れさせていない。僕が愛したいと思うのは、夢の中の君だけだったし……再会してからは目の前にいる君だけだ」

彼の薔薇のように赤い深紅の瞳が、透明感を増してゆく。

「アシュリー。君は僕の白薔薇。僕の最愛……僕の命だ」

そして優しく、もう一度唇に触れるだけのキスを落とした。

彼の金色の前髪がさらさらとこぼれて、アシュリーの額や頬をくすぐる。

夫から向けられる真摯であたたかい愛情に胸がいっぱいになると同時に、ただ寝っ転がっていてはいけないのでは？　という気持ちがムクムクと込み上げてきた。

「ヴィクトル……」

「ねえ、ヴィクトル。私にしてほしいことはない？」

「ん？」

「私ね、あなたがいいようにしてくれると思っていたんだけど、お互い初めてなら……その、ふたりで一緒に……頑張ったほうがいいような気がして」

そしてアシュリーは上半身を起こしてシーツの上に正座すると、夫と向かい合った。

「私たち、夫婦になったのだし……なんでも素直に言ってほしいの。あなたにも気持ちよくなってほしいから」

　そう口にした瞬間、我ながら大胆だと、頬がカーッと熱くなったのが自分でもわかった。はしたないと思われなかっただろうかと、頬にかかる髪を耳にかけながらヴィクトルをちらりと見上げる。するとヴィクトルもまた頬をうっすらと赤く染めていて、感極まったように唇を震わせていた。

「アシュリー……本当に？」

「勿論よ」

　こくこくとうなずくと、彼はハーッと大きく息を吐き、それから正座したアシュリーの膝の上の手を取り、引き寄せた。

「……触ってほしい。君から」

「うん。どこを？」

「ここ……」

　ヴィクトルの手に導かれた先は、彼の下半身だった。

　絹のズボン下の股座（またぐら）の部分が、大きくテントを張っている。

（すっごく大きくなってる……）

　彼がこの状況に興奮しているらしいと思うと、なんだかアシュリーも落ち着かない気分になってしまった。

だが愛する夫の望みはなんだって叶えてあげたい。アシュリーはドキドキしながらそうっと指先で、その張り出した部分の形をなぞる。

「ッ……！」

その瞬間、ヴィクトルが肩をビクンと震わせた。

「あっ……大丈夫？」

なにかミスを犯しただろうかと慌てて尋ねると、ヴィクトルはゆるゆると首を横に振ってそれからアシュリーの体を抱き寄せる。

「違う。アシュリーが僕のモノに触ってくれたのかと思ったら、興奮して……もうガチガチなんだ」

「そう……でもヴィクトル、触るのはこれからよ」

布越しでこうなのだから、直接触れたらもっと喜んでくれるのではないだろうか。

アシュリーはヴィクトルに抱き寄せられたまま、彼の胸に頬を押しつけつつ腰を縛る紐をほどき、思い切って中に手を入れた。

指先が熱いものに触れる。これがヴィクトルの性器なのだろうか。彫刻のように美しい彼の体に、こんなものが付いているという事実が、少し不思議になってくる。

形を確かめるように根元から先端に向けて指先を這わせると、そのたびにアシュリーを抱きしめたヴィクトルが体を震わせた。

「アシュリー……じれったいから、もっと、強く……その、握りしめてほしい……」

「う、うん……」

体の一部をそんなに強く握っていいのだろうか。ぽっきりと折れたりしないのだろうか。

少し不安になったが、言われた通り、片手で彼の屹立を握りしめた。

それは不思議な触感だった。表面は柔らかいのに中に芯がある。

強く——そう言われたので思い切ってそうしたのだが、アシュリーの肩口に顔をうずめた夫が喉をぐぅ、と鳴らしたのに気がついて、すぐに指を放す。

「ごめんなさい、痛かった？」

「ちが……う」

ヴィクトルはおっかなびっくりのアシュリーの手を取り、そのまま自身の性器を握りしめるとゆっくりと上下にしごき始めた。

「こうして、上下に……こすって……」

重ねたヴィクトルの手は熱く、思った以上に強くアシュリーの手ごと肉棒を握りしめている。

「うん……」

アシュリーは言われた通り、ヴィクトルのそれを上下にこすりつつ、左手でヴィクトルの腰を優しく撫でた。

「ヴィクトル、気持ちいい？」

「ん……っ、きもち、いい……アシュリーが、ぼくの、あっ、」

悶えるヴィクトルの白磁の肌が、朱に染まる。

耳、うなじ、首筋――。桃を思わせるような美しいグラデーションを眺めていると、アシュリーは自分の中になぜか『もっと乱れるヴィクトルを見たい』という気持ちが込み上げてきて、大きく張り出したかさの部分に指をわざと引っ掛けたり、先端からこぼれる蜜を指にすくって先端に塗り込めたりと工夫を凝らしてみた。

誰に習ったわけでもない。ただヴィクトルの様子を見て、どこをどうしたら彼が感じてくれるのか、観察しただけである。

「アシュリー……」

ヴィクトルは熱っぽくアシュリーの名を呼び、それから吸い寄せられるようにアシュリーの裸の胸に顔をうずめた。そして右の胸の先にちゅうっと吸い付く。

「んっ……」

甘い痛みに声を上げると、ヴィクトルは今度は舌全体を使って乳首を愛撫し始めた。

「あっ、ヴィクトル……」

「小さくてかわいい……アシュリーのここを舐めるのは、二年ぶりだ……」

彼の舌の先が円を描きながら先端をこすり、白い形のいい歯が柔らかく甘噛みする。

「あん、あっ……」

舐められているのは胸なのに、なぜか腰のあたりからぞくぞくと痺れが押し寄せてきた。

思わず彼の肩に頭をのせると、

「アシュリー、手が止まっている」

と、ヴィクトルがねだるように腰を揺らした。

「あ……ごめんなさい」

気持ちよくて頭がぼうっとしてしまっていたようだ。

素直に謝罪の言葉を口にしつつ、ヴィクトルとキスをかわし、しばらくヴィクトルのそれを撫でたりしごいたり、こすったりしていたのだが――。

「アシュリー、ちょっと、そろそろ……待って」

突然、ヴィクトルがかすれた声でアシュリーの手をつかみ動きを止めた。

いよいよ興がのってきたところなのに。

制止させられてしまったアシュリーは、不満にかすかに唇を尖らせた。

「出そう……」

猫のようにアシュリーの首や肩に額をこすりつけながら、ヴィクトルがささやく。

アシュリーの手の中のそれは、びくびくと脈打ちながらより硬さを増していた。確かに今にも暴発しそうな雰囲気はある。

「それは……そうしたらいいんじゃない？」

魔術を学んだものとして、彼がここからなにを出すかくらいは知っている。しかも子種は若い男なら何度も連続して出せるという。だったらここで一度出しておいてもいいと思ったのだが、ヴィクトルは何度か大きく深呼吸した後、思い切ったように顔を上げた。

「初夜だから、アシュリーの中に出したいんだ。一緒によくなりたい」

ルビーよりも赤く、澄んだ深紅の瞳はうっすらと涙に濡れていた。泣いているわけではない。ただ興奮でそうなってしまったのだろう。

だが余裕のないヴィクトルなど滅多に見たことがないアシュリーの胸は、それだけできゅんきゅんと高鳴り、締めつけられてしまう。

「――ええ」

彼と愛し合いたい。

うなずくと同時に、ヴィクトルはアシュリーの後頭部と背中を支えながら、ベッドの真ん中に体を横たわらせる。そして履いていた下履きを指で引っ掛けて脱ぎ捨てた。

先ほど撫でさすった彼の性器がランプの明かりのもと、はっきりと視界に入る。それは隆々と、まるで別の生き物のように勃ち上がっていた。先端からのほとばしりはその逞しい幹を伝ってこぼれおち、いやらしくぬらぬらと輝いている。

それでも彼は、芸術家が精魂込めて刻んだ神の彫像のように美しかった。

「ヴィクトルって……本当にどこを見てもきれいね」

　思わず口走ったところで、ヴィクトルがくすっと笑う。

「君にしか見せない。全部君のモノだ。これから先もずっと」

　そして優しくアシュリーの頬を撫でると、ゆっくりとアシュリーの両足を広げて秘所に指を這わせた。

「んっ……」

　彼の指が花弁をかき分けると、くちゅりといやらしい音が響く。

「アシュリー、すごく濡れてる。わかる？」

「わ……わかるわ……あっ、んっ……」

「僕のモノをしごいて興奮した？　それとも舐められたせいか」

　ヴィクトルは甘い声でささやきながら、花びらを指でなぞり花芽を指で軽く揺らす。

「あっ……」

　敏感な部分をそうっとこすられただけなのに、その瞬間、全身を貫くような快感が走る。

　背中をのけぞらせるアシュリーをヴィクトルは満足げに見おろし、それから少しあとずさってアシュリーの秘部に顔を寄せた。

　彼の吐息を太ももに感じてハッとする。

「え……あっ……んっ！」

恥ずかしいからしなくていいと止める間もなかった。アシュリーの淡い叢をかき分けて、ヴィクトルが舌全体を使ってねっとりとそこを舐め上げた。

熱い舌の感触に、全身が震える。

「ま、待って、ヴィクトルッ……そこ、あっ……や、だめぇ……」

舐められることを想定していなかったアシュリーは、慌てて彼の金色の髪に指を入れて、押し返そうとした。

「待たないし、駄目じゃない」

だがヴィクトルはかぼそいアシュリーの抵抗を一蹴して、アシュリーの腰をかかえると、丁寧に秘部に舌を這わせる。そしてぷっくりと膨れ上がった花蕾をそうっと唇に含み、吸い上げた。

「あっ、やっ、吸わないでっ……ひんっ、あっ……あぁッ……!」

唇や胸への愛撫とはまったく違う強い快楽に、アシュリーは軽く悲鳴を上げる。

「また溢れてきた……一緒に中をほぐさないとな」

ヴィクトルは嬉しそうにそうささやくと、舌先を尖らせしとどに濡れる蜜口へ押し当てる。

「アシュリー、君の中を味わわせてくれ」

そしてゆっくりと蜜壺の中へと押し込んだ。

「ひあっ……！　や、あっ……」

　ヴィクトルの舌の感触にアシュリーは腰をびくびくと震わせる。

　今までなにひとつ侵入を許してこなかったそこに、ヴィクトルの熱を押し込まれたアシュリーは、快感を逃がそうととっさにシーツをつかんでいた。だがヴィクトルは舌をねじ込むと同時に、快感に大きくなった花芽を両方の指先でいじり始める。

　ヴィクトルの美しい指先が秘部を大きく左右に開き、蜜に濡れた蕾をしごき上げる。

「んっ、あ、あっ、……やっ、あんっ……」

　じゅぼじゅぼと淫らな音を立てながら抜き差しされる舌。そして快感を掻き立てる花芽への愛撫。蜜壺の入り口は丹念にほぐされて、とろとろになっていた。

「あ、ああっ、ヴィクトル、ヴィクトルッ……」

　彼の舌がうごめくたび、なにかが足元から駆け上がってくる。

　寄せる波のようでありながら、決して穏やかではない強い快楽。

　二年前に医務室で犯されている時にも感じた、アレだとわかった。

「あ、ヴィクトル、わたしっ、もう、い、いっちゃう……からっ」

「ん……」

　アシュリーがいやいやと首を振るのをちらりと上目遣いで見ながら、彼は小さくうなずいた。

やめてくれるのかと思った次の瞬間、ヴィクトルは舌を引き抜き、そのまま真っ赤に熟れたアシュリーの花芽をちゅうっと音を立てて吸い上げる。

「ッ、あぅ、や、あああっ、あぁっ～……！」

目の前に大きな火花が散った。

アシュリーの太ももが跳ね上がり、腰が浮く。つま先がシーツの上を滑ったが、敏感なそこはヴィクトルががっしりと抱えていたので快感を逸らせることは叶わない。

それどころか熱い舌先は花芽に絡みついたまま離れず、蜜壺に指が挿入される。すっかり濡らされてとろとろになったそこは、当然ヴィクトルの指を簡単に受け入れてしまった。

そして舌が届かなかった柔肉の壁をこすりながら、アシュリーが感じる部分を探っていく。

それはさらにアシュリーを快楽の向こうへと追いやろうとしているようだった。

「や、あっ、まって、イッてる、からあぁ……っ……！」

必死に懇願したが、結局ヴィクトルはやめるつもりはないようで――。

陸にあげられた魚のように華奢な体をビクビクと震わせるアシュリーから、完全に力が抜けるまで、愛撫の手を止めてくれなかった。

ヴィクトルの指がざらついた部分を押し上げる。

「んっ、ん、あぁ～……っ……」

甘い悲鳴と、がくりと力尽きたように全身から力が抜けたアシュリーの様子を見て、ようやくヴィクトルは満足したらしい。

「イケてよかった」

手の甲で口元をぬぐいながら体を起こし、シーツに頬を押しつけ肩で息をするアシュリーの顔の横に両手をついて見おろした。

「――ばか」

けろりとしている夫を見たら、一方的にイカされてしまった自分がおいてけぼりにされたような気分になる。一緒に気持ちよくなりたかった。

涙目でつぶやくと、なぜかヴィクトルはとろけそうな甘い顔になる。

「ごめん」

一応謝っているが、これはまったく悪いと思っていない顔だ。不満たっぷりにヴィクトルを見上げると、彼は長めの髪を後ろに撫でつけながらその瞳を三日月のように細める。

「君をどれだけかわいがっても足りないんだ」

「……もう」

これはもう惚れた弱みだ。そう言われたら許すしかない。

アシュリーが眉を下げると同時に、ヴィクトルがホッとしたように顔を近づけ、アシュリーの額にキスを落とす。

「これから一緒によくなろう」

「うん……」

小さく照れながらうなずくと、ヴィクトルは紋章が刻まれた右の手をアシュリーの臍の下あたりにのせた。

「ヴィクトル？」

何事かと首をかしげると、

「君は処女だ。破瓜(はか)で君の体が傷つかないようにしておく必要がある」

ヴィクトルはそう言って小さな声でなにかをつぶやいた。

「あ……」

次の瞬間、ぽわり、と腹の奥があたたかくなる。

かつて魔導学院で魔術を学んでいた時、夫婦の円満な性生活のための媚薬なども学んだアシュリーだが、直接どうにかするすべがあるとは知らなかった。

「痛くても我慢するのに」

そこまで過保護にしてもらわなくても、と思ったのだが、

「僕のモノは人より少し大きいから、そういうわけにはいかない。君を髪一筋だって傷つけたくないんだ」

ヴィクトルは少し冗談めかした表情でそう言うと、改めてアシュリーの頬を両手で包み込み口づけた。

「ん……」

熱い舌が差し込まれ、アシュリーの口の中を縦横無尽に這いまわる。二匹の蛇のように絡み合い、お互いの唾液をすすりながら、何度も唇を重ね、見つめ合う。

夫の首の後ろに両腕を回すと、ヴィクトルは「入れるよ」とささやいて、右手で自分の屹立を緩く何度かこすり上げ、先端を蜜口に押し当てた。

「来て、ヴィクトル……」

正式に結婚するまで、と言い出したのは自分だが、この二年間、彼への想いはどんどんと膨れ上がり、はち切れそうになっていた。

そして今日ようやくひとつになれる。

「アシュリー、愛してる」

ヴィクトルはそう言って、ぐいっと腰を押し込む。

「ん、あっ……！」

蜜口にあてがわれていた肉杭は、ためらいなくまっすぐにアシュリーを串刺しにした。狭い媚肉をかき分けて、押し入りながら最奥を目指す。

「あっ、うぅ～……」

アシュリーはのけぞりながら唇を引き結ぶ。

痛みは彼が和らげているが、体の中に異物――大きな杭が打ち込まれていると思うと、やはり違和感はあるし本能的な恐れが込み上げてくる。

思わず逃げるように頭上に体をずらしたところで、

「想像よりずっときついっ……」

ヴィクトルはアシュリーの細腰をなだめるように撫でながら、しっかりとつかみ、腰を進めた。

「ごめん、あと少し……少しだから、あっ……」

あと少し――。その言葉に嘘はなかった。

次の瞬間、トン、とヴィクトルの先端が奥に行き当たる。ヴィクトルが快感に震えながら、唇を引き結んだ。

「――入った、みたい……？」

「ん……入った。全部、入ったよ」

ヴィクトルが小さく息を吐いて、それから胸を上下させながら呼吸を繰り返す。

アシュリーは夫の首に腕を回したまま、彼を見上げた。

涙で潤んだアシュリーの瞳を見て、ヴィクトルは優しく微笑んだ。

「すぐ抜くから」

「えっ、もう？」

一緒に気持ちよくなろうと言いながら、彼はアシュリーの体を労わることを最優先にしている。いつもいつも、アシュリーを優先してくれる。

「中で出してくれるんじゃなかったの？」

そうねだるように尋ねれば、彼の白磁の美貌にサッと朱が走った。

「でも」

「あなたの気遣いのおかげで、痛みは本当にないから……大丈夫よ。本当に、大きいから

ビックリしただけで……私で気持ちよくなってほしいの。我慢しないで」

「――激しくしても、いいのか」

そう問いかけるヴィクトルの深紅の眼差しは、欲望に濡れていた。アシュリーを傷つけ

ないことを最優先にという理性の向こうに、男としての渇望が見える。

「いいわ。だから……私だけにあなたが乱れる姿を見せてほしい……」

ヴィクトルの形のいい唇にそうっと指を這わせた。

幼いころは初恋泥棒と呼ばれ、帝国ではあまたの美姫を袖にしてきた完璧王子様が乱れ

るのは、自分の前だけだと思い知らせてほしかった。

これはアシュリーの独占欲だ。

自分にもこんな感情があったのかと驚くくらい、鮮烈で眩しい思いだった。

こちらを見おろすヴィクトルの深紅の瞳は、次第に熱を孕み始める。

正直な欲望と葛藤、アシュリーへの気遣いが、ぐるぐるとないまぜになっているのが手

に取るようにわかった。

「ヴィクトル。これも私の願いなの」

念押しでそう口にして、ヴィクトルはようやく覚悟を決めたようだった。

「ありがとう、アシュリー。だったら僕はもう、我慢しない。君を食い尽くすまでやめない……もうやめてと言われても、やめてあげられない。だから覚悟して」

そう言い切った次の瞬間、ヴィクトルは腰を引いた。

太くて硬い彼の肉棒がずるりと抜かれる感覚に、アシュリーは「んっ」と短く声を上げる。

いったいどうするのかと夫の顔を見上げた次の瞬間、アシュリーの体はぐるりと裏返されて、四つん這いの体勢になる。

「ヴィクトル……？」

肩越しに振り返ると、深紅の瞳を爛々と輝かせた夫と目があって、本能的にマズイ気がしたが――。

「あっ……！」

いきなり背後から突き上げられて、アシュリーは悲鳴を上げた。

「アシュリーッ……はぁっ、アシュリーッ……やっと君を抱ける！」

「もう君を思って自慰なんかしなくていいんだ！」

「僕だけのアシュリー！」

「愛してる、本当に君が好きで、ずっと好きで、気が狂いそうなんだ！」

「いや狂ってなんかいられないな、君を正常に愛し続けるよ！」

「僕の子種は全部君の中に注ぐ」

「一滴残らず、全部君の中に出す」

「孕め、僕の子を孕んでくれ！」


抑え込んでいた夫の愛は狂おしいほどだった。

最初は四つん這いになっていたが何度もイカされ、彼の子種を注がれているうちに、気を失った。ぺたりとシーツの上にうつ伏せになっていたが、両腕を背後から引かれ、上半身を起こした状態で一方的にまた突き上げられ意識を取り戻した。

「ひ、あっ、あぁっ……やっ、あっ……」

声にならないアシュリーの悲鳴が、寝室にこだまする。

自分の声のはずなのに、なぜかうんと遠くから聞こえる。

そう——『やめられない』と言ったヴィクトルの宣言は正しかった。

（激しい……激しすぎる……！）

いくらアシュリーが『もう無理』『ごめんなさい』『勘弁してください』と泣いて謝っても彼は許してはくれなかった。

ケモノめいたように背後から犯し、正面に抱えなおして膝の上に座らせ、突き上げながらアシュリーの乳房を吸った。

気をやり、シーツの上にあおむけに倒れた後は、両足首をつかまれ、左右に大きく広げられ、激しく突かれた。

立ち上がった彼に抱えられるように挿入され、意識を失っても、激しい快感でまた目が覚める。


その繰り返しで、気がつけば窓の外がしらじらと明るくなっていた。

（だめ、死んでしまう……もう……寝かせて……）

力尽き、シーツにうつ伏せになったアシュリーに背後からのしかかったまま、ヴィクトルはねっとりと腰を回す。

そのたびにふたりの結合部から白濁がこぼれ淫靡な香りを放った。

「うぅ……」

朦朧とする意識の中で、シーツをつかむと、

「――二年間、待たされたんだ。これはお預けした君に責任がある」

ヴィクトルは逃がさないと言わんばかりに、アシュリーの手を上からつかんで引き寄せた。

確かにその通りかもしれないが、ものには限度というものがあるはずだ。

愛されている喜び云々よりも、自分の体は大丈夫なのか、そっちの不安が勝ってきた。

「もうっ……今日が、私の命日に、なったら、どうするのっ……」

我慢するなと言ったのは自分だが、それはそれ。

涙目でそう問いかけると、

「なにがあっても死なせない。たぶん……四度目の僕がこの力を持って生まれたのは、そういうことなんだろう」

アシュリーの小さな耳に舌を這わせながら、ヴィクトルが甘い声でささやいた。

なるほど――と思いながら、アシュリーは今回ばかりは仕方ないと自分を納得させるしかない。

（私の騎士様って、こんな人だったのね……）

初めて彼と会った時、彼は途方に暮れていた。

二度目も、三度目も。

だが四度目の人生の今、夫の深紅の瞳は最愛の妻を得たことで、ようやく満足げに煌々と輝いていて――。

彼の愛は数百年分なのだから、重くて当然なのだ。受け止めるしかない。


それから数百年後。民主化したレッドクレイヴでは王家は国の象徴となっていた。なかでも近代化を進めたもっとも偉大な王として『ヴィクトル・ユーゴ・レッドクレイヴ』が挙げられる。

政治、医療、福祉に関して、彼の業績は多くの歴史書が残されているが、その裏、プライベートなことは王妃の兄が残した日記に記されている。

王は大変な愛妻家だったらしい。

たとえば、王の浮気疑惑に激怒した王妃が実家の領地に帰ってしまった時は、館の前にたった一日で白薔薇の庭を作らせ、妻に膝をついて愛を乞うた——だとか。

生まれた娘が王妃の兄にばかり懐くので彼を帝国に遊学させたが、娘が毎日しくしくと泣くのでひと月で帰国させた——とか。

妻バカで親バカなエピソードが、多く書き残されている。

政治や外交の場面では冷徹な王と呼ばれ恐れられていたヴィクトル王ゆえに、大げさに面白おかしく描かれているに違いないというのが歴史家たちの談ではあるが、虹色の瞳を持つ現在の王は、もっとも偉大な祖先のことを『あれは真実です。口伝のように伝わっていますから』と笑って話すのだった。

あとがき

こんにちは、あさぎ千夜春(ちよはる)と申します。このたびは『前前前世から私の命を狙っていたストーカー王子が、なぜか今世で溺愛してきます。』をお手に取ってくださってありがとうございました。

私は現代でもちょくちょく学生時代をねじ込む『癖(へき)』があるんですが、ファンタジーでは堂々と学園物にできるので、最高に楽しく書かせていただきました。

小島きいち先生の美しいカバーや挿画と一緒に、楽しんでいただければと思います。

またお会いできたら嬉しいです。

あさぎ千夜春

この本を読んでのご意見・ご感想をお待ちしております。

◆ あて先 ◆
〒101-0051
東京都千代田区神田神保町2-4-7 久月神田ビル
㈱イースト・プレス　ソーニャ文庫編集部
あさぎ千夜春先生／小島きいち先生

前前前世から私の命を狙っていたストーカー王子が、なぜか今世で溺愛してきます。

2023年3月3日　第1刷発行

著　　者　あさぎ千夜春
イラスト　小島きいち
装　　丁　imagejack.inc
発 行 人　永田和泉
発 行 所　株式会社イースト・プレス
〒101－0051
東京都千代田区神田神保町2－4－7 久月神田ビル
TEL 03－5213－4700　FAX 03－5213－4701
印 刷 所　中央精版印刷株式会社

ISBN 978-4-7816-9741-3
定価はカバーに表示してあります。

Sonya ソーニャ文庫の本

『年下御曹司の執愛』 あさぎ千夜春

イラスト 炎かりよ

Sonya ソーニャ文庫の本

『死に戻ったら、夫が魔王になって溺愛してきます』 春日部こみと
イラスト 天路ゆうつづ

Sonya ソーニャ文庫の本

『死に戻り魔法使いの無垢な求愛』　八巻にのは

イラスト　吉崎ヤスミ